# アホウドリの迷信

## 現代英語圏異色短篇コレクション

岸本佐知子 柴田元幸
編訳

スイッチ・パブリッシング

# まえがき

柴田元幸

この短篇小説アンソロジーには、けっこう長いあいだ現代英語圏の小説の翻訳・紹介を仕事にしてきた二人の人間が、「面白いの、まだまだありまっせ」という感じで出してきた作家・作品が並んでいる。まずはじめに、MONKEY23号（二〇二一年春）の特集「ここにいいものがある。」のために二人それぞれ三作家の作品（岸本は五篇、柴田は三篇）を選んで訳し、幸いこの特集が好評を博したので、では単行本も、と話が進み、今回それぞれ新たに一作家の一作品を選んで訳した。

選択の基準としては、日本でまったく、もしくはほとんど紹介されていない（雑誌に一短篇がすでに載ったあたりまでの）作家であること。いちおう現代の作品の中から選ぶが、面白ければちょっとくらい、あるいは大いに古くても構わない。MONKEY掲載時の、より現実的な縛りとしては、全作品で四百字換算計一二〇枚以内であること。

テーマ的な縛りはいっさい設けなかったが、せーの、で結果を出しあってみると、圧倒的に女性作家が多く（MONKEY掲載時五対一、最終結果七対一）、動物と人間、生と死、出来事と想念、等々世界の根本的境目がなんとなく曖昧な雰囲気が多出し、ガチガチのリアリズムではないがさりとて幻想へ行きっぱなしでもないような作品が中心だった。それら個別の要素については「競訳余話」の随所で触れているのでここでは踏み込まないが、全体として、これらの特徴によってアンソロジー全体に緩い統一感が生まれていると見えれば嬉しい。もちろん、単にお前らの趣味の偏りの反映ではないか、と言われればそれはそのとおりであることを認めるにやぶさかではないのだが、認めてもあんまり反省する気は（少なくとも柴田には）ないのである。

アンソロジーといえば、それぞれの作家に関する短い解説が付されるのが普通だが、MONKEYでは趣向を変えて、岸本・柴田の訳した作家が一人ずつ載るごとに、「競訳余話」と称して、その二人を話題の中心とする短い対談を組み込んだ。三作家ずつなので、余話三つ。この単行本でもそれを踏襲して、新たに訳した二人に関してもうひとつ余話を加えた。したがって、第一～第三余話の中で「いま」とか「一年前」とか言っているのは二〇二一年一月が基点であり、第四余話は二〇二二年六月が基点である。

＊

あちらはどう思っておられるか知らないが、柴田は岸本さんに対して、ずっと同志意識のようなものを抱いてきた。単にアメリカ文学翻訳の同業者であるというだけでなく、世評とか本国での売れ行きとかをあまり、というか全然気にせず、とにかく自分が入れ込める作家や作品だけを翻訳していくという姿勢において、である（「競訳余話」の中でも「我々」「僕ら」といった主語を柴田が使っているところにそうした同志感が露呈している）。そして有難いことに、連帯感を感じるに十分なほど趣味が重なっている一方、いちいちバッティングしてしまって「あ、それ、僕が／私がやりたかったのに」となるほど重なりあいはしない。何にせよ岸本さんに訳されたニコルソン・ベイカー、ミランダ・ジュライ、リディア・デイヴィス、ルシア・ベルリンといった作家たちは本当に幸運だと思う。このアンソロジーを読んでくださった皆さんのなかで、もしそのあたりを未読の方がいらしたら、ぜひご覧になってください。「とっくに読んだよ」という方は（こちらが主流だと思うが）気の向くまま、また新たな翻訳文学を（いや、べつに翻訳に限定しなくてもいいか）手に取ってくださいますように。

目次

岸本佐知子 訳

装画
小林紗織

装丁
宮古美智代

# 大きな赤いスーツケースを持った女の子
The Girl with the Big Red Suitcase

レイチェル・クシュナー
Rachel Kushner

柴田元幸 訳

レイチェル・クシュナー
Rachel Kushner

アメリカの作家。最初の長篇*Telex from Cuba* (2008)、第二長篇*The Flamethrowers* (2013) で二度、全米図書賞の最終候補に。2018年には『終身刑の女』(池田真紀子訳、小学館文庫)で仏メディシス賞外国小説部門を受賞、同年のブッカー賞最終候補にもノミネートされた。その他の著作に短篇集*The Strange Case of Rachel K* (2015)、中篇*The Mayor of Leipzig* (2021) などがある。「大きな赤いスーツケースを持った女の子」は、2020年に「ニューヨーク・タイムズ・マガジン」による企画「デカメロン・プロジェクト」の一作として発表された。

ポーが昔書いたあの話では、平民たちを締め出し、疫病を――仮面舞踏会への招かれざる客を――閉じ込めてしまう。その過ちから教訓を得るのは読者のみである。物語の中の高貴な阿呆どもはみんな死んでしまうのだから。私はその物語を読み、教訓を得た。にもかかわらず、いま私は、少人数の集団とともに、壁に囲まれた城にいる。この連中を、強いて形容するとすれば、自堕落なスノッブども、だろうか。

　こうなったのはアクシデントだ。この道路を先へ行った、公営の死体保管所の表で冷凍トラックがアイドリングするようになるずっと前に私はここへやって来た。この国に着いた時点では、生活はまだおおむねノーマルだった。ウイルスはまだ遠くの話だった。私は武漢の人たちを気の毒に思いながら、いかにも作家っぽい軽薄なことをやっている作家として日々を送っていた。たとえば、一週間の予定で招かれて城に滞在し、ほかの人たちとともに過ごす。我々の唯一の共通点は、こういう奇妙な特権に当たり前だという顔をすることだけ。私は若きアレックスを連れていった。年配の貴婦人たちは、アレックスを自分のブランチに来させようとレスリングをくり広げる。彼の美しさには反抗的な、孤児を思わせる色合いがある。いや、もっと暗い色か。実際彼は、あの爆弾テロ実行犯ジョハル・ツァルナエフによく似ている。でも保証するがアレックスは何も破壊したことはない。甚だしい遅刻によって、社交の場をいくつか破壊した以外は。

地球上の誰一人逃れられないであろうこのゴタゴタを、私たちは何とかやり過ごそうとしていた。はじめは、胸の不安をごまかそうと、アレックスも私も、城の仲間たちを安手の娯楽の種として扱った。シャルルマーニュの伝記を書いている男をからかい、奴が夕食の席に着てくるパジャマ風「寮長服」を笑い、ウェリントン公爵だの決闘だの、アレックスが「ポスト＝ナポレオン麻痺症候群」と要約したものたちで頭を一杯にしていることを茶化した。中道より左の人間はみんなプーチンに買収されていると信じているジャーナリストを私たちはあざ笑った。ジャーナリストの語るこの神話のごとき買収体系があまりに狡猾なので、ひょっとして私たちも知らぬ間に買収されているんじゃなかろうかと思ってしまうほどだった。そして我々は、あるノルウェー人作家を笑った。笑った理由は、聞けばスカンジナビアの最重要作家だというのに、ほかのスカンジナビア作家たちとは違い一言の英語も喋らないこと。みんなと一緒の場に加わりはするのだが、提供するのはぼーっとした心ここにあらずという雰囲気のみで、英語による訳知り顔の冷やかしが周りで飛び交うのもまるで意に介さぬ様子。でも通訳役を務める彼の妻のことを笑う者はいなかった。ときどき、男がその言語を喋れても通訳を買って出る女がいるが、この妻もそういう感じだった。地域不明のヨーロッパ訛りのある、この端正な顔立ちの女性は、自身の思いはいっさい明かさず、テラスに座って煙草を喫い、私たちがあれこれ意見を口にして空気を安っぽくするのを黙って眺めていた。

どうやら当分ここから出られそうにないという現実が固まってくるとともに、この連中はだんだん親戚のようになっていった。自分で選んだわけではないが、愛さないといけない人々。シャルルマーニュの伝記作家がアレックスのことをホモ・ユウェニリス（若き人間）と呼ぶ習慣がトレンドになった。私が太古の人間をめぐる小説を書いていると知って、ホモ・プリミティウォ（原初の人間）に関する私の最新の見解をめぐって伝記作家は夜ごと質問を浴びせてきた。まるで私が部屋に古代人をかくまっているみたいな口ぶりである。私たちは次第に、ノルウェー人作家が英語を拒み英語の覇権に背を向ける姿勢に賛嘆の念を感じるようになった。親密な社交を退ける修道士、織機を破壊する機械化反対者《ラッダイト》を彼は思わせた。ユダヤ人が割礼の儀式で預言者エリヤの椅子を用意するみたいに、ジャーナリストが夕食の席でプーチンの名を決まって挙げることも私たちは受け容れた。やがてシャルルマーニュ伝記作家が、一人ずつ順番に物語を語ろう、それもこの地域を苛んでいる病、悲しみ、死をめぐる話ではなく楽しい話を語ろうと提案したときも、私たちは同意した。今夜はノルウェー人作家の番だった。

「私の物語は、ヨハンという男をめぐる話だ」とノルウェー人作家は自分の言語で言い、妻がそれを英語で反復した。

巨大なテーブルのある小さな部屋で私たちは夕食を終え、そのままそこにとどまっていた。

低い天井は煙突に行くべき煙で油っぽく煤《すす》けていた。ノルウェー人作家は少し語っては中断し、通訳する時間を妻に与えた。自分の言葉を妻が私たちに向かって語っているあいだ、作家は内省的な顔で遠くを見やった。逆三角形に膨らんだ白髪が、相容れない二つの哲学のように二方向を指していた。

「私はヨハンのことを、オスロにいる大学の友人数人を介して知っていた。ヨハンは一九九三年の夏、プラハに移住するつもりでいた。当時のプラハは、ある種のタイプを惹きつける街だった。ヨハンのような、大学を出てぶらぶらし、具体的な野心もなく、『文学の空間を作りたい』とか『雑誌を始めたい』とか言うものの、たいていは何もせず人生は無意味だと決め込んでいる連中をだ。ヨハンを完璧な例とするこういうタイプは、むっつり塞ぎがちで容貌は月並な若者だ。こういう連中に関して私は専門家だ。何しろ自分もそうだったから。鬱々とした思いを抱え、目的もなく、目的を探す中休みと称して朝は寝坊し、映画評論とフランスの批評理論を読みまくり、瞼の裏に焼きついた高嶺の花の女のことをくよくよ考える。女を捕まえられるわけもなく、仕事もなく、暇だけは無限にあって、世の中に迫害されている気でいて、その鬱憤を、自分からいそいそ寄ってくるいささか器量の劣る女たちにぶちまけていた」

この部分を翻訳し終えると、妻と夫はノルウェー語で話しあった。物語に関する何らかの問題点を二人で議論し、夫がどう語るべきかを相談しているように思えた。二人を見ていると、たしかに夫の方はいま自ら説明したタイプのようで、不満や失望を抱いている風であり顔も不細工なのに対し、妻の方には、一種の才気と思えるたぐいの美しさが備わっていた。私たちにはわかっていない何かが、この女性には見えているように感じられた。

「この男たちは」と作家は語りを再開した。「自分の人生をどうしたらいいかわからず、彼らのことをつれなく無視する女たちしか愛さず、無力感に苛まれ、それを自分ではなくオスロのせいにした。プラハの街は西側に開かれていて、ビロード革命〔※一九八九年の民主化〕を達成した熱気もあるし、家賃も安く、ボヘミアン的な場所があって女たちもオスロより上でもっと友好的で、これこそ自分の人格の貧しさを解消し人生の挫折から脱する道と思えた。ヨハンにはプラハの映画学校で教えている友人がいて、この男がひとまず居候させてくれることになった。送別パーティが開かれ、私も出席し、かくしてヨハンは新しい人生に向けて旅立っていった。残った我々は、何となく妬《ねた》ましい気持ちだった。もし奴がプラハで上手く行かなかったら、きっといい気味だと思ったことだろう。もし上手く行ったら、自分もプラハに移ってもいいかもしれない。

雨の降る寒い日曜の朝、ヨハンはプラハの空港に着いた。例によって非居住者の長い列が出来て、ヨハンもその列に加わり、書類に一つまたひとつスタンプが押され列が少しずつ進んでいくなか、人生のこの新しい一章にわくわくしていた。彼がパスポートを提示する番が来たところで、トラブルが始まった。

なぜこのパスポートは皺だらけで写真も水に濡れて損なわれているのか、と入国審査官は訊いた。

『公式文書であることに変わりはありません』とヨハンは係官に言ったが、相手は依然戦車のごとく鋼鉄の無表情だった。『このあいだ何かをこぼしてしまったんでちょっと傷んで見えるだけです』

ほかの窓口ではカチャン、カチャンとスタンプが押され、人々は尋問もされず口論にもならず次々通過していったが、ヨハンは係官相手に押し問答をくり広げた。

やがて、ドアを補強した小さな部屋に連れていかれて鍵をかけられ（試してみてわかった）、そこに数時間取り残された。のっぺらぼうの補強されたドアをぼんやり眺めていると、ビロードのカーテンの下には鉄の拳《こぶし》がある（あるいはちょっと違った言い方だったかもしれないが）というのは本当だという実感がじわじわ募ってきた。

夕方近く、別の男が入ってきて、さっきの男に劣らず無礼で無情な態度でヨハンにいくつか質問をした。ヨハンは質問に答え、あとで本人が使った言い方によれば『馬鹿をやるまいと』必死にこらえた。ふたたび部屋に置き去りにされた。夜になってから同じ男が戻ってきて、ノルウェー領事館が介入して新しいパスポートを発行すると申し出なければ君はこの国に入れないと言いわたした。ヨハンは領事館に電話することを許された。電話は一本だけだ、とまるで犯罪者扱いだった。その日は日曜だったので、領事館は休みだった。

細長い入国審査場にヨハンは連れ戻された。明日までここにいることになると係の男に言われた。領事館が助けると言ったら入国できる。言わなかったら、ノルウェーへ戻る便に強制的に乗せられる。

もう遅い時間で、あたりには誰もおらず、窓口にはすべて鍵がかかっていて暗かった。ほかの旅行者たちはみなすでに、見えない現実へと進んでいった。この侘しいすきまに一人閉じ込められたヨハンは彼らを妬んだ。椅子に座った。喉が渇いたが水はなかった。煙草もなかった。寒く、上着はなかった。椅子の上で精一杯横になろうと硬い背もたれの上に首を載せ、こんな格好で眠れるだろうかと思っていると、バン！　と大きな音がした。

審査場の向こう端に若い女がいた。この女が、床に大きな赤いスーツケースを倒したのだ。女がスーツケースを開けて中を引っかき回すのをヨハンは見守った。女は煙草を探しあて、一本に火を点けた。火の点いた煙草をくわえて床に膝をつき、スーツケースの中を整理しはじめた。その忙しない動きは、心配とは無縁の、時間をつぶしている人間のそれだった。女はたびたび立ち上がってはあたりを歩き回った。

どうしてあんなに元気なのか？　こっちは元気さなぞ全部、勾留されたことへの怒りに呑まれてしまっているのに。

女はヨハンに向けて手を振った。ヨハンも振り返した。女はヨハンのいる側まで歩いてきて煙草を差し出した。

そばで見ると、彼にはとうてい手の届かない女性だとわかった。つまり、まさに彼好みのタイプ。ぴっちりしたジーンズ、白いハイカットのコンバースをはいた自信たっぷりの女の子。

あとになって、ヨハンは細部にしがみついた。ジーンズ。ハイカット。

『あんた、なんで留められてるの?《ホワイ・ドゥ・ゼイ・キープ・ユー》』女はぎこちない英語で訊いた。

『僕のパスポートを奴らが気に入らないんだ。君は?』

女はニッコリ笑って、言った。『まあ、あたしのパスポートも気に入られてないってことだと思う』

どこから来たのか、とヨハンは訊ねた。その答えも、その一語を彼女が言った言い方も、ヨハンがしがみつくもうひとつの細部になった。『ユーゴスラヴィア』

気に入られるも入られないも、この女性にはパスポートがないという可能性もあるのだとヨハンは理解した。ユーゴスラヴィアがもうないのと同じように。もはやユーゴスラヴィアという国はない。

アブダビに行こうとしていると女は言った。ヨハンはうなずきながら、それが首長国だったか、カタールだったか、それともどこか違うところだったか思い出せずにいた。石油王が目に浮かび、この女性のような女の子たちが浮かんだ。いろいろ訊いてみたかったが、思いつく問いは、君は誰？　だけで、そんなこと訊くものではないし誰も答えられはしない。

彼女は反対側の端に戻っていった。ヨハンはもらった煙草を、あたかもこの大胆でセクシーな女の子の謎を吸い込むかのように喫った。向こう側へ行って彼女と話をしようか、と考えていたら入国審査官がやって来て彼女に近づいていった。ヨハンには聞こえない話しあいが生じ、女の子はあまり喋らずしきりにうなずいていた。係官に連れられて出ていき、大きな赤いスーツケースを引きずっていった。

座り心地の悪い椅子で、まっすぐ座ったままヨハンは浅く眠った。目が覚めると夜明けだった。窓の外のアスファルトに雨が容赦なく降っていた。

領事館とのやりとりや、プラハでぶらぶらしていた時期のことは、この物語にとって重要ではない。ヨハンはプラハにしばらくとどまり、それからオスロに帰った。入国審査場でのあの夜のことを彼はいまも考えていた。あの女の子のことが、その不敵でさりげない倦怠ぶりが頭から離れなかった。ソビエト流の抑圧的な権力をつかのま味わわされて、自分の耐え方にヨハンは落第点をつけた。せっかくのチャンスにあの女の子のことをもっと知ろうとしなかったことも落第。

オスロに戻ったヨハンは、ドットコム産業の第一波に乗って職にありつき、起業持株なるものを売却してこれがけっこういい金になった。しばらくは働かず旅行をする余裕も出来た。そこで、アブダビに行ってあの女の子を探すことに決めた。

戦争で荒廃した貧しい国の女性が悪い奴らと契約してアブダビに移住し売春を強いられる、という話をヨハンはどこかで読んでいた。自分が会ったあの女の子は、意図的に、自覚的に、オイルマネーがたっぷりある国へ行って体で稼ぐ気だったのだとヨハンは確信した。頭の中で、彼女はますます大きな存在になっていった。

二週間のあいだ毎晩、アブダビのさまざまな売春施設を探して回った。騒々しい、煙もうもうの中二階があるネオブルータリスト建築のホテルで、彼のことをカモと思ってジロジロ見る女たちの顔をヨハンはジロジロ見た。エレベータを出てヒールをコツコツ言わせてロビーを横切る女たち、ラウンジに立って身づくろいしながら周りに目を光らせている女たちを眺めた。会話はたいてい誤解で終わった。女たちはみな、ヨハンがあるタイプを探していると思い込み、一人の特定の人物を探しているのだということがわからなかった。あるいは女たちは彼をもてあそび、偽の手がかりを投げてよこした。うん、知ってるよ、その子。金髪、でしょ？　あとでここに来るよ。あたしがパーティのお膳立てしてあげる、そこで会えるよ。ていうかあんたその子のことなんか忘れちゃうよ、任しといて。

追求するに値すると思えた申し出がひとつだけあった。大きな目の、鼻の曲がった黒髪の女が、これは信じていいと感じられる率直な口ぶりで話しかけてきたのだ。あんたの言ってる女の子、知ってるよ。その子、クロアチア人ね。あたしもクロアチア人。うん、そのころに来たよ。たしかその話もしてたと思う、入国のときにトラブルがあったってこと。うん、まだここにいるよ。

その夜ヨハンは、鼻の曲がった女が指定した小さな薄暗いクラブに行った。女はもう一人の、背の高い金髪の女と一緒だった。その髪はヨハンが覚えている長い黒髪ではなく、短くてほとんど白く脱色されていた。ヨハンは彼女に自分の物語を語った。女の子に会ったんだ、もしかしたら君に、三年前にプラハの空港で入国しようとしたとき。

『あなたのことは覚えてない』と彼女は言った。『でもそれ、あたしだと思う』

『君、ものすごく大きい赤いスーツケース持ってた?』と彼は訊いた。

『うん、持ってた』

やっぱりこの子だ。そりゃもちろん彼のことは覚えていないだろう。この女の子がヨハンみたいなパッとしない男をめぐるセンチメンタルな思い出に浸ったりするわけがない。こっちは彼女のことを覚えている、それで十分なのだ。

その後一週間、ヨハンは毎晩彼女に会い、毎晩彼女と過ごすための金を払った。彼の目論見としては、金は払うけれど二人でただ話し、たがいに知りあうだけにとどめると主張して、自分の気持ちの真剣さを証すつもりだった。だが事はそういうふうには運ばなかった。彼女には自分が慣れているサービスのやりとりの方が好ましいようだった。だからヨハンもそれに合わせた。ひょっとすると安易に合わせすぎたのかもしれない。この結果、彼は疚《やま》しさと戸惑いを抱え込むことになった。だが、このギクシャクした取決めが数日続いたあと、何かが変わった。彼女がヨハンの方を向いた、と言ってもいいだろう。私にはまだ理解できていない。面喰らう話だが、彼女はヨハンに恋したんだ」

物語に休止が生じ、ノルウェー人作家と妻は自分たちの言語で話しあった。妻の口調は、誤りを正そうとしている感じだった。

「妻は私に認めるよう求めている」と、通訳する彼女は自分のことを三人称で語った。「なぜ人が恋に落ちるのか、誰にもわかりはしないということを。そしてまた、彼女がヨハンを利用する代わりに彼に恋したことに私が驚いているのは、おそらく、ポスト＝ソビエトブロックのスラヴ系女性はみんなシニカルで計算高いという安っぽいステレオタイプに惑わされているせいだということも。妻の言うとおりだ。この女の子に心があったことに、また彼女がヨハンの中に何か愛すべきものを見つけたことにも、私は驚くべきではない――まあ私自身は彼の中にそんなものは見えないが。すでに言ったように、私はけっこう彼に似ている。実際我々は、ある程度敵同士と言ってもいい。だがとにかく先を続けよう。

女の子はヨハンと一緒にオスロに移住した。最初の数か月は至福だった――少なくとも彼にとっては(彼女にとってどうだったか、私たちが言うことはできない)。三年の長きにわたってヨハンが妄想をめぐらせてきた人物は、剽軽《ひょうきん》でチャーミングだった。友人たちもみんな彼女を気に入った。彼女はたやすく新しい環境になじみ、進んでノルウェー語すら学びはじめた。

ところが、二人一緒の生活が落着いてくるなかで、ヨハンの胸に疑念が芽生えてきた。彼が一人で出かけると、どこへ行っていたのかと彼女は訊ねた。時おり、二人で街を歩いていてよその女性とすれ違うと、ヨハンの一部がそこから剝がれて、見知らぬ人物のことを夢に見た。ある朝、彼女がベッドで寝返りを打ってヨハンの方を向くと、朝の悪臭をたたえた彼女の息が、まるで人格上の欠陥のようにヨハンの鼻孔を焦がした。彼としては自分の息を止めるのが精一杯だった。

彼女があるバンドや映画を知らないと、ヨハンは苛立つようになった。破綻した国家から彼女が逃げ出そうとしていた最中、彼はぶらぶら過ごし文化を吸収しながら二十代前半を生きたのであり、自分にとって意味あるものを彼女が知らないのは苛々の種だった。

セックスもヨハンが求める以上に、彼女の方が求めるようになった。いつでも手に入るということで、ヨハンにとっては思ってもみなかったほどその値打ちが下がってしまった。湯気を立てている食べ物がつねに山とある部屋の中を歩いていて、たまには食べ物のない状態に逃げたい、と思うのに似ていた。ヨハンはしばし彼女から逃げたくなった。

母親に会いに行ったらどうか、と彼女に勧めた。彼女の母親はザグレブに住んでいた。彼女が出かけているあいだ、ヨハンの胸に、彼女はいまやもう、空港で出会ったあの白いハイカットをはいた英雄的な人物ではないんじゃないか、というか初めからそうではなかったんじゃないか、という疑いが湧いてきた。あたしのパスポートも気に入られてない。ヨハンはあの女の子を懐かしむノスタルジーに苛まれた。この女は、彼女じゃない。彼女だとしても彼女じゃない。ヨハンがあのとき見て、欲し、讃えたものは、彼が見つけた女ではないのだ。この女は英雄なんかじゃない。普通の人間であり、支えを必要としていて、不完全だ。もはやヨハンにとって二人の関係は終わりだった。

面と向かって彼女に言う度胸はなかった。母親のところから彼女が帰ってきたとき、ヨハンはすでに書き置きを残して出ていったあとだった。何をすべきか、どこへ行くかを君が何日か考えるあいだ僕は出かけている、と。スウェーデン行きの列車に乗った。醜いホテルのバーで、やたらと威勢のいいスウェーデン人たちに交じって座り、気の抜けた味のないビールを飲み、鬱々とした気分が体内に広がっていくのを感じた。侘しい冬の夜だった。彼が夢見た女の子はどこにも見つからない。そう思うと実存的な危機にヨハンは陥った。茫然と窓の外を見て、重たい空と葉の落ちた木々を眺めた。木々の枝にはビリビリに破れたビニール袋がいくつも引っかかっていた」

ノルウェー人作家はふうっとはっきり聞こえるため息をつき、あたかも反応を求めるかのようにテーブルを見回した。妻も静かになった。

私たちはみな面喰らっていた。これで終わり?

「でもでもでも」シャルルマーニュ伝記作家が言った。「ハッピーエンドはどうなってるんだ? それがルールだったじゃないか」

「これでハッピーエンドだよ」ノルウェー人作家は自分の言語で言い、妻が私たちの言葉でそれをくり返した。

「薄汚いバーで、愛もなく一人ぼっちで気の抜けたビールを飲んでる悲しいヨハンが?」

「私にとってハッピーな物語ということだ」ノルウェー人は言った。「ヨハンにとってではなく」

「ほう? で、それはなぜ?」

「なぜなら私が、ヨハンの探していた女性と結婚したからだ。そしていま、彼女がこの物語を君たちに語っていたんだ」

私たちはみな彼の妻を見た。

「夫は存分に楽しみました」と彼女は言い、夫の髪をくしゃくしゃっと乱したが、そのしぐさには愛情がこもっていた。「で、明日は私が楽しみます、私の番ですから」

その一言とともに、私たちはお休みなさいを言った。

# オール女子フットボールチーム
The All-Girl Football Team

ルイス・ノーダン
Lewis Nordan

岸本佐知子 訳

ルイス・ノーダン
Lewis Nordan

1939 - 2012。アメリカの作家。1983年、最初の短篇集*Welcome to the Arrow-Catcher Fair* を刊行。最初の長篇*Music of the Swamp* (1991) でミシシッピ芸術文学研究所Best Fiction Awardを受賞。長篇*Wolf Whistle* (1993) でSouthern Book Awardを受賞。その他の著作に長篇*The Sharpshooter Blues* (1995)、*Lightning Song* (1997) などがある。「オール女子フットボールチーム」は、第二短篇集*The All-Girl Football Team* (1986) に収録されている。

女の服を着るのなんて、べつに珍しいことじゃなかった。ただし僕がスカートをはいてたわけじゃない。父だ。

僕の父はすごく男っぽい男だった。父をひとことで言い表すなら〝男っぽい〟、それに尽きた。夕方、仕事から帰ってきた父に抱きつくと、伸びたひげが顔や首にじょりじょり当たるのがうれしかった。ウールと革とウイスキーと靴墨とアフターシェーブの混ざった父のにおいも好きだった。

女装はそうしょっちゅうやったわけではなく、年に二度だけだった。一度はもちろんハロウィーンだ。仮装した子供たちが家にやって来てベルを鳴らすと、それを迎えうつのが女装した父だった。「ギルバートおじさん、お菓子くれなきゃいたずらするぞ！」子供たちが言うと、父はお面の下の顔がどの子なのか、一人ひとり当ててみせようとする。それからプラスチックのカボチャや紙袋の中にお菓子を入れてやり、子供たちを次の家へ送り出す。

そしてもう一つが「女のいない結婚式《ウーマンレス・ウエディング》」——黒塗りのかわりに頬紅を使ってやる、年に一度のミンストレル・ショーだ。これはロータリークラブとライオンズクラブが毎年チャリティ目的で開く催し物で、ここミシシッピ州アローキャッチャーのむくつけき男たちが総出で女装して、ドタバタ劇を演じるのだ。ラントさんのおじさんが床まで届くドレスを着たまま酔っぱらって舞台から落っこちた、なんて年もあった。

父はこの「女のいない結婚式」が大好きだった。毎年とっかえひっかえいろんな役をやった――花嫁、花嫁の母、フラワーガール、花嫁付添い人《メイド・オブ・オナー》。やれる役はなんだってやった。すね毛を剃り、胸に脱毛クリームを塗り、腕の毛を脱色し、毛抜きで眉を整え、口紅を塗り、マスカラをつけ、ざっとこれだけが下準備だ。自分用のウィッグも何種類か持っていた。ペディキュアを塗り、丹念にひげを剃れば、歳には見えない美女ができあがった。

だから女装なんて、べつに珍しいことじゃなかった。

高校二年のとき、女子だけでアメリカンフットボールの試合をやろうという案が僕のクラスで持ちあがった。当時僕らは、なにか大事な目標のために資金集めの手だてを考えていた――体育館のスコアボードを新しくするとか、たしかそんなようなことだった。二年生と三年生の女子でチームを作り、フットボールのユニフォームとヘルメットを着けて、敵味方に分かれて試合をする。校長先生も競技場を使っていいと言ってくれた。入場料を取り、売店でホットドックやコークも売る。

なかなかいいアイデアに思えた。

はじめてユニフォーム姿の女の子たちを見たとき、それは僕の中でますますいいアイデアに思えた。彼女たちは美しかった。ハルダ・レイビーは脚が長くてお尻が男の子みたいにきゅっとして胸が大きくて、そのハルダがスクールカラーのユニフォームをまとってショルダーパッドとスパイクとゴムのマウスピースを着けた姿を見たとき、オール女子フットボールチームは世界一すばらしい名案なんじゃないかと思った。

女の子たちもやる気満々で、コーチしてくれる三年生の男子を自分たちで見つけてきた。トニー・ピレッツリ、「アロー・カフェ」のオーナーの息子だった。

トライアウトが行われ、ポジションが割り振られた。戦術が書き出され、ガリ版刷りが選手たちに配られて、各自それをノートにはさんで持ち歩き、暗記した。トゥーティ・ネル・ハイタワーというお尻の大きい女の子がボールをスナップするやり方を覚え、ナディーン・ジョンソンはセンターからのスナップをキャッチするやり方をマスターした。

僕はサイドラインに立ち、ナディーンがセンターの高く上げたお尻の後方でかがんで位置につき、両手を構えるところを見た。「グリーン、42！」その瞬間、僕の心臓は胸から飛び出しそうに高鳴った。

ショルダーパッドとショルダーパッドがぶつかり、ヘルメットどうしがガチンと激突しはじめた。ナディーンはすばらしいクォーターバックで、高さのあるすごいロングパスを投げた。エドニータ・ギレスピーは敵のブロックをかわす名人だった。彼女たちを見る僕の目はすっかり変わった。彼女たちは恐ろしく、そしてすばらしかった。

何日かが過ぎた。ロッカールームの中にはもちろん選手以外誰も、コーチ役のトニー・ピレッリでさえ入れなかった。でも僕は毎日練習が終わるとロッカールームの外の駐車場に立って、中にいる彼女たちのことを想像した。彼女たちがスパイクのひもをほどき、脱いだ靴を隅に放るのが僕には見えた。足首から泥まみれのテープをはがし、アルコールで粘着剤を拭きとるところが見えた。肌からたちのぼる汗のにおいがむっと鼻をうつ。彼女たちは汗のしみたショルダーパッド以外なにも身につけない姿でロッカールームを歩きまわる。そしてシャワールームで石鹸で体を洗い、ふざけてお互いのお尻をつかみっこしたりタオルでぴしゃぴしゃ叩きあったりする。それからシャワーの下に立ち、仰向けた顔を湯に打たせる。何人かがシャワーを浴びながら放尿し、おしっこが太股をつたって排水口に吸いこまれていくところも、僕には見えた。

この広い世界で、オール女子フットボールチームは、人類が考えついた史上もっともすばらしいアイデアだった。

僕はすこしでも女の子たちの近くにいたかった。だからいつも駐車場をうろついて、彼女たちの姿を拝んだ。最初のうちは同じことをする男子がほかにも何人かいて、僕らは互いに腕をパンチしたり冗談を言いあったりしていたが、やがてみんな飽きていなくなり、駐車場には僕だけが残った。

僕の一日のハイライトは、練習を終えてシャワーを浴びた女の子たちがロッカールームから出てくるときだった。

クォーターバックのナディーン・ジョンソンが出てくる。ショートヘアで、まだ濡れているそれを男みたいになでつけている。ハルダ・レイビーの髪は腰まであるブロンドだ。ある日ハルダは体育館から夕日の中に出てくると、体を二つに折り曲げて濡れた髪を顔の前に垂らし、髪の先が地面をすれすれにかすめた。そしてロッカールームに備えつけの白いタオルで髪をごしごし拭くと、頭をばさっと後ろに振って髪を元にもどした。使いおわったタオルは無造作に後ろに放った——あとで誰かが拾ってくれるのが当たり前だとでもいうように。僕はいそいそと駐車場を横切り、拾ったタオルを使用済みタオル入れに放りこんだ。

ハルダ・レイビーはもちろん僕には気づかなかった。でも代わりのご褒美に、僕はほかの女の子たちがロッカールームから出てくるところをドアのそばで間近に見ることができた。

センターのトゥーティ・ネル・ハイタワー——彼女を見るたび、ボールの上にかがみこみ、両手でささくれた革をしっかりつかむ姿がオーバーラップした。リン・クーンツ——今まで気がつかなかったけれど、なんて美しい響きの名前だろう。まさにフットボール選手の名前だ。リン・クーンツ、そんな名前ならスティーラーズのタイトエンドだって張れそうだ。エクシー・リーとノラ・リーの双子のプレストリッジ姉妹。マーティとルビーのスーエル姉妹。ワイドレシーバーのエドニータ・ギレスピー。いちどナディーンがエドニータにこう言うのが聞こえた。「ニータ、あんたのキャッチ、ほんとに頼もしいよ」

僕は彼女たちの女どうしの絆に嫉妬した。

放課後は毎日、彼女たちの練習する姿をながめた。コーチのトニー・ピレッツリが世界一運のいい男に見えた。

僕はさりげなく彼女たちの中に入りこんでいった。チームの使い走りの役を買って出たのだ。フィールドに線を引くのを手伝った。父兄に掛け合って審判やスコアキーパーをやってもらい、選手たちがつねに清潔なソックスをはけるように気を配った。用具類や水のボトルや救急箱をせっせと運んだ。ボールを革磨き石鹼で磨き、切れたゴムを新しいのと取り替えた。校長先生が電気代を心配すれば——試合はナイターで行われることになっていたのだ——行ってなだめすかした。

季節は春で、ミシシッピ・デルタは僕のエデンの園だった。ヨタカも、アライグマも、フクロウも、小さなコリンウズラも、この土地の何もかもが初めて見るもののように新鮮だった。朝起きれば部屋の窓の外のピーカンの木はたっぷりと露をふくんで、大きな濡れた花のように香った。

夢の中では〝グリーン、42、ハットハットハットハット！〟のコールが音楽になって聞こえた。それは宙をたゆたい、藤の花のかぐわしさであたりを満たした。僕は父さんを含めたこの世の男たちがなぜ結婚し、一人の女に生涯忠誠を誓うのかを理解した。父さんもいつかは死ぬのだ、そう思った。

僕は父さんの部屋に行き、リボルバーを探しだして弾倉を開き、シュニールのベッドカバーの上に弾をばらばらとこぼした。僕もいつかは死ぬんだ、そう思った。自分という存在の奥深い謎に、僕はそのときはじめて気づいた。フットボールの装備をまとった女性に愛されたい、その腕に抱かれたいと、焦がれるように願った。


オール女子フットボールチームのアイデアは、途中からおかしな方向に転がりだした。だんだんおおごとになってきたのだ。

誰かが男もチアリーダーの衣装を着てチアをやるべきじゃないか、と言いだした。そりゃ最高だ、とみんなが言った。きっとめちゃめちゃ受けるぞ。だったらいっそホームカミングみたいにしようよ、とべつの誰かが言った。ほら、学園のクイーンとかも選んでさ。みんなが言った、うわそれケッサクだ、「女のいない結婚式」よりずっと面白くなるぞ！　じゃあハーフタイムにセレモニーをやろう。でもってクイーンに冠をかぶせるんだ！

僕は気に入らなかった。「おれは賛成しないな。バカげてるよ。反対に一票」そう言った。

みんなは言った、「いやぜったい面白いって。いいじゃないか、やろうぜ」

僕は言いたかった。お前らみんな気はたしかか？　僕らはやっと女性の美の秘密に触れることができたんだぞ。つい三週間前までガキみたいだった同じクラスの女の子たちが、今や大人の女性なんだ――それも神々しいほどの！　そんな美の集団と間抜け面の女装男が並んで歩くところを、誰が見たいと思う？

でもかわりにこう言った。「やだね。とにかくおれはやらないよ。ライン引いたりボールに空気入れたり、忙しいんだ。おれを巻きこまないでくれよな」


でもけっきょくやる羽目になった。チアリーダーに選ばれてしまったのだ。これだから田舎の高校はイヤなんだ。冗談にしてもまったく笑えない。僕がやりたくないと言ったもんだから、みんな僕に投票したのだ。オーディションも何もなし。ある日いきなり言われて、チアリーダーの衣装の入った箱を渡された。「冗談よせよ」と僕は言った。

「もう決まったんだ、じたばたすんな」とみんなは言った。

試合当日の夕方になっても、僕はまだやらないつもりだった。試合にも行かないつもりだった。どうして行かなきゃならない？　誰ひとり試合のことを真剣に考えている人間はいなかった——僕と、頭を激しくぶつけあっている女の子たちを除いては。

どれくらい真剣だったかといえば、こうだ——ある日の練習のあと、エドニータ・ギレスピーが父親のピックアップ・トラックに一人で乗りこむところを僕は見かけた。彼女はドアを開けながら鼻の片側に指を押し当て、学校駐車場の砂利の上に鼻水をフンッと勢いよく飛ばしたのだ。そしてドアが閉まり、トラックは走り去った。

僕の言いたいことがわかってもらえるだろうか？　僕が愛したのはエドニータ本人じゃなかった。トゥーティ・ネルでもリン・クーンツでもナディーン・ジョンソンでもない。〝女性〟だった。僕ははじめて〝彼女〟を知ったのだ。彼女は山や河のようにかけがえがなく、危険な存在だった。彼女のもつ魔力が僕を人間にし、僕を生かしてくれていた。

だからオール女子フットボールの試合には行きたくなかった。

家のいちばん奥の父の部屋で、僕はそんな胸の内を全部ぶちまけた。その部屋では、僕は何でも言えた。その部屋には、父がそれまでたどってきた人生ぜんぶの匂いがあった——クローゼットの中の猟銃、父が殺した鳥の羽、獣たちの血、フライ・フィッシングの釣糸に塗る羊の脂。

僕は言った、「だって馬鹿みたいじゃないか。本物の女がいるのに女の子のかっこをするなんて――女なんだよ父さん、女の子じゃなくて――ショルダーパッドにスパイクをはいた、本物の女なんだ」

すると父は僕に何て言ったと思う？　想像つくだろうか？「何言ってるんだ、これは学校の行事なんだ。きちんと義務を果たせ」と言ったと思うか？　あるいは「そりゃあお前の好きにしたらいいさ。だがこんな楽しいこと、やらないなんてもったいないぞ」とでも？

僕の父はペンキ職人だった。学校は六年生までしか行かなかった。父はこう言ったんだ。「お前にスカートとセーターと素敵な下着を着せてやろう。そうしたらお前、きっと自分を美しいと思うぞ」

僕は言った。「え……」

父は言った。「自分を美しいと思ったこと、ないだろう？」

僕は言った。「まあ……」

夕闇がせまっていた。秋の空気はぐっと冷えこんでいた。あと二時間もすれば、オール女子フットボールの試合が始まる。母はまだ仕事から帰らなかった。

父さんはバスタブに湯をため、アーモンドオイルを垂らし、手でばしゃばしゃかき混ぜて泡立てた。それからバスルームのドアのフックに緑色のシルクのバスローブをかけた。僕のために買っておいたバスパウダーとパフを並べて置いた。それから脚の毛と脇の下を剃るやり方を教えてくれた。他人からは見えない場所でも関係なかった。

僕はすっかり清まって甘い香りをさせて、ローブをはおって父の部屋に入った。父は僕に今夜の衣装を差し出した。

「父さん、これって変《クイア》じゃないの?」僕は言った。

父は返事をしなかった。

僕はユニフォームの入った箱を受け取った。まあたらしい下着の入った小さな袋といっしょに。

レースのついたショーツをはき、ストッキングに脚を通した。

父はブラのホックの留め方を教えてくれたが、それにティッシュで詰め物をしたりはしなかった。手渡されたのはウレタンでできた小さな人工のおっぱいで、てっぺんには本物そっくりの乳首までついていた。前に大きく「AC」と書かれたセーターを着ると、乳首がぽちっと透けて見えた。

ペチコート、ついでスカートをはいた。そして父の指導のもとメイクをした。ウィッグはどれでも好きなのを選んでいいと言われた。仕上げに〈ウィンドソング〉をしゅっとひと吹きされた。

僕はぜんぜん自分を美しいと思えなかった。阿呆みたいに思えた。鏡を見ると、鏡の中の僕もやっぱり阿呆みたいだった。立ち方も男、歩き方も男、体を掻く仕草も男。顔は間抜けな男の表情だし、手も男の手だった。なぜだかあそこが痛いくらいに勃起していた。

父の部屋の男の世界の匂いが――ゴムの雨具が、ガンオイルが、釣り具入れの箱にくっついた魚のウロコが――僕のニセモノの女の殻を突き抜けて僕をあざ笑っていた。

父が言った。「どうだ、気分は」

僕は言った。「馬鹿みたいな気分だ」

僕は言った。「ちんこがでかくなってる」

父は言った。「チアはできるのか？　行く前に、一つここでやってみせてくれないか」

僕は言った。「無理だよ」

父が言った。「試合のあいだじゅう、お前のことずっと見ててやるからな。スタンドからずっと見守っていてやるから」

僕は言った。「今ここに人生のガイドブックがあればいいのに。後ろのほうに正解が書いてあるやつ」

父は言った。「頼む、行く前に一度でいいから〝サティスファイド〟をやってみせてくれよ。父さんチアでは〝サティスファイド〟が一番好きなんだ」

その夜のフットボールのフィールドは何かが特別だった。輝くばかりの緑の天然芝のじゅうたん、目がくらむほど明るいライト、まっすぐ力強く延びるチョークのライン、頑丈な鉄の観客席をびっしり埋め尽くす大歓声の観客、ユニフォームを着たアローキャッチャー高校のささやかなマーチングバンド――それらすべてを包む特別な何かが、僕をみじめに打ちのめした。父はああ予言したけれど、自分を美しいだなんてぜんぜん思えなかった。僕は変わりばえのしない僕のままで、でも大太鼓の表面の弓と矢の毛羽立ったロゴマークと、それをぐるりと取り囲む〈ARROW CATCHER, MISSISSIPPI〉のかすれた文字は、お前のダメな部分がお前の敵ではないのだと僕に告げていた。「女のいない結婚式」が父にとってどんな意味をもつのか、お前には永遠に理解できないし、する必要もないのだ、と。

僕は遅刻した。ストライプの服を着た審判たちはすでに位置についていた。黒とゴールドのユニフォームを着た二つのチームは柔軟体操を終えていた。円陣を組んで最後の祈りを捧げていた選手たちに、ホイッスルが吹き鳴らされた。

両チームのキャプテンが戦士のように中央に歩み寄った。二人が見守るなか、コインがトスされた。

僕もサイドラインからそれを見守った。コインはどこまでも高く上がっていった。それはまばゆいライトを浴びて、デルタ地帯の緑の平野の上空に静止したかに見えた。コインは純銀製に変わり、円盤投げのディスクほどの大きさになった。スローモーションのようにコインはくるくると回転し、一世紀のあいだ宙に浮かんでいた。

僕はウールのスカートとサドルシューズで何度も何度もジャンプした。宇宙の中心で、僕はチアリーダーだった。僕はポンポンを振り、手をたたき、脚をうしろに曲げて思い切り高く跳ねた。髪を振り、長いまつげをしばたたいた。自分の知らなかったことを、体がひとりでにやっていた。僕がいま見ているコインは、この土地にあまねく存在する希望と善のメッセージだった。

それは僕の愛する土地だった——曲がりくねったヤズー川に抱かれ、ワニとマガモとビーバーのダムと水田と大豆とナマズの養殖場をたたえた、この楕円形の土地は。

僕はとつぜん父が正しかったことを知った。僕は美しかった。ただ美しさの意味が前とはもうちがっていた。それは僕が僕自身で、僕の核、まったき中心であるということ、そして世界もまた世界のままで、その二つは永遠に変わらないということだった。悲しみに棘《とげ》はなく、未来はすこしも恐れることなく、あらゆることが実現可能で、切実で、純粋だった。

試合開始のキックオフ。ボールはユニフォームを着た前線の女子たちの股のあいだを抜いて、短く地面を転がった。

それをバックフィールドの誰かがキャッチするころには僕の小さな胸は僕の一部になり、ゴムではなく肉でできた本物の乳房に変わっていた。僕のコックはレースのショーツの奥に変わらずにあって、生まれたときからずっと僕にくっついている変てこで気まぐれな硬い部品のままで、でも同時にそれは濡れながら開く入口でもあって、その向こう側には謎めいた甘い香りを放つもう一人の僕がいた。僕の腕は女の腕で、僕の足は女の足、僕の声も、唇も、指も、女だった。女であることのぎりぎりの瀬戸際に立つ僕の胸は甘く切なくうずいて、でもこの未知の感情をきっと父さんも知っているにちがいないと思った。

試合が始まると、僕はサイドラインいち元気なチアリーダーだった。片方のチームがタッチダウンを決めた。ハルダ・レイビーが膝にひどい怪我を負った。ナディーンがエドニータに高々とロングパスを放ったがインターセプトされた。バンドが応援歌を演奏し、僕らはありとあらゆるチアをやった。

観客席の上のほうには僕の父と母もいて、二人が僕を誇りに思ってくれているのが遠くからでもわかった。僕はすばらしいチアリーダーで、二人にもそれがわかったのだ。

僕らは〝サティスファイド〟をやり、やりながら僕はそれを父に捧げた。

〈校長先生に　呼ばれたの〉僕らチアリーダーはそうチャントして、両手を腰にあて、つんと澄ましてしゃなりしゃなりと校長室に入っていく。

〈サティスファイド！〉観客席のみんなが、父さんも母さんもみんないっしょに声を合わせてコールバックする。

〈校長先生が　言うことには〉僕らは校長先生が怖い顔でお説教をくらわすときみたいに人差し指を振りながら、そうチャントする。

するとまた観客席が声を張り上げる。〈サティスファイド！〉

〈きみたちほどの　才能《スタッフ》ならば〉

〈サティスファイド！〉

〈絶対負ける　わけがない〉

〈サティスファイド！〉

〈一歩下がって……〉ここで僕らは両手を後ろにまわし、怖い校長先生の言いつけどおりキュートにしおらしくぴょんと一歩後ろに下がる。

〈サティスファイド！〉

〈二歩前に出て……〉僕らはさも驚いたような、〝校長先生ったら何のつもりかしら、どうしてこんなややこしい命令をするんだろう〟みたいな表情を浮かべ、それでも腰に手をあて、素直にかわいらしく二歩前に出る。

そして校長先生の最後のセリフ、〈さあめいっぱい腰振《ストラット・ユア・スタッフ》って！　腰振って！　腰振って！〉に合わせて僕らはお尻をセクシーに振りながら、茶目っけたっぷりに人差し指を宙でくるくる回してみせる。
〈サァティスファァァアイド！〉
ミシシッピ・デルタの空気は、無垢と熟れたリンゴをはらんだエデンの園だった。闇夜の黒と皓々《こうこう》と輝く競技場のライトのその奥に、空の青が輝いていた。イチジクの木と、ゾウムシの駆除剤の香りと、むっと魚くさい沼の水のにおいがあたりに満ちていた。

試合は続いた。ハドルがあり、タイムアウトがあり、汗と、鼻血と、フォースダウン・パントがあった。

そしてハーフタイムになった。僕はハーフタイムのことを、文字どおりすっかり忘れていた。僕の全世界がはじけてセレモニーと美しい儀式になった。正装したバンドがフィールドに整列した。ゴールポストには黒とゴールドのクレープペーパーが巻かれ、吹き流しが秋風にたなびいていた。すね毛を剃ってバトントワラーの衣装を着た男子たちが、長いポールの先に鮮やかな色のバナーを掲げて観客席の前を意気揚々と行進した。バンドは演奏しながらフォーメーションを組み、最後にフィールドの中央で大きなハートの形になった。曲が「レット・ミー・コール・ユー・スイートハート」に変わると、僕は歓喜と自然界のおおらかさに目頭が熱くなった。世界は安全で希望に満ちた場所で、僕の父は偉大な男だった。僕は美しい女性で、だからこそ僕も父のように立派な男になれるかもしれなかった。〝きみを恋人と呼ばせて、きみを愛しているよ。だからどうか僕にささやいて、きみも僕を愛していると〟。僕はユニフォームを着た女の子たちを愛していた。これからもずっと愛しつづける。その彼女たちがホームカミング・メイドたちといっしょにゴールポストの下に整列した。〝瞳に燃えるまごころの愛の火を、どうかお願い消さないで……〟。

キャプテンはナディーン・ジョンソンで、その彼女が選手とメイドたちの列を率いてゆっくりとフィールド中央まで進み出た。バンドが曲を奏でた。近くの水田から除草剤の濃い匂いが流れてきた。

僕は愛の意味を知った。そして父のことを思った。結婚式での父の姿を、僕が物心ついて初めて見にいった結婚式での父の姿を思った。父は花嫁で、ハイウェストのオフホワイトのロングドレスを着ていた。裳裾《トレーン》を長く引き、ヴェールをかぶっていた。小さなブーケをみぞおちのあたりで持っていた。牧師が列席者に向かって言った、この二人の正式なる婚姻に異議のある者は誰でも名乗り出よ。するとH・L・ベリーマンという酔っぱらいの薬屋のおやじが花柄ドレスにハイヒール姿で客席から飛び出し、宙に向けてピストルを一発ぶっぱなした。父は気を失って倒れた。

もちろんすべては筋書きどおりで、これが全部お芝居だということも、父はただ役を演じていただけだということもわかっていた。それでも僕は椅子から跳びあがって、世界じゅうにこう宣言したかった――このひとが僕の父さんなんだ、このひとがいなければ僕の人生は何の意味もないんだ、と。

フィールドではナディーン・ジョンソンが三、四歳の小さな男の子のほうに向きなおった。この子もまたホームカミングのセレモニーで大役をになった一人で、ペチコートでふくらませたフリルいっぱいのドレスを着てナディーンの隣に立ち、サテンの小さなクッションを捧げ持っていた。クッションの上には銀色の王冠が載っていた。ホームカミング・メイドたちが互いに腕を組み、こぼれんばかりの笑みを浮かべてそのまわりに集結した。

ナディーンがクッションから王冠を取りあげると、カメラのフラッシュがいくつも光った。ジープ・ベネットという男子がナディーンのかたわらに立っていた。黄色いロングドレスを着て、片手の指が三本しかなかった。前の年に狩りの最中の事故で指を失った彼が、今年のホームカミング・クイーンに選ばれたのだ。

ナディーンが彼の頭にうやうやしく王冠をのせると、またフラッシュライトが光った。観客席からは大きな拍手と歓声と称賛の声がわきあがった。ナディーンがジープにキスをし、ジープは恥じらって頬を赤らめた。

僕はこの瞬間をずっと待っていた――夢見ていた！――だが同時に恐れてもいた。ジープに嫉妬してしまいそうな自分が怖かった。なぜなら大勢の見守るなか、フットボールのユニフォームに身を包んだ女性にキスをされるなんて、まさに僕がこの三週間思い描いていた、愛とセックスと聖なる必然の完璧な成就にほかならなかったから。

けれども実際に目にしてみると、そのことは不思議なくらいどうでもよくなっていた。僕の心に嫉妬はみじんもなかった。汗に輝く美しいナディーンへの欲望もなかった。にもかかわらず僕の中には欲望が、甘やかな恋心があった。息が喉につかえ、小さな胸がふくらんで乳首が硬くなった（嘘じゃない、本当に硬くなったのを感じたんだ！）。

僕はユニフォームに身を固めた女と男のメイドたちの列を見わたした。お尻の大きな、がっちりたくましいトゥーティ・ネル。膝を怪我したハルダ。魔法の名前をもつリン・クーンツ。そしてこの美しい女たちの力強い腕にスミレの花のように寄り添う、女装した男子たち。

僕の心の中にはたしかに欲望が、愛と言ってもいいものがあって、でもそれは黒とゴールドをまとったこの女性たちに向けられているのではなかった。僕の愛するその人はスーツに身を包み、歩くたびにスカートの後ろのスリットからグレーのサテンのスリップの三角形と、美しい膝の裏がのぞいた。チームのコーチ役のトニー・ピレッツリ。浅黒い肌に黒い瞳のイタリア系、栗色のウィッグが肩の上で揺れていた。グレーの柔らかなシルクのブラウスは袖口にフリルがついて、喉元にもフリルのタイがあしらってある。五センチヒールの、かかとがストラップになったエナメルのパンプスをはいて、胸には女の子たちから贈られたコサージュをつけていた。

僕は自分の中のこの気持ちを憎んだ。スタンドの一番上にいる父にもきっとこの気持ちがばれたにちがいないと思った。

トニー・ピレッリは今までに会った誰よりも美しかった。めったに笑わない男だったけれど、今では彼の哀しみがひしひしと胸に伝わってきて、彼を抱きしめてこの世のあらゆる悪から守ってあげたい、唇や首筋にキスしたい、茶色の目をキスでそっとふさぎたいと思った。この手で彼の小さな胸を包みこみ、彼の手で僕の胸に触れてほしいと思った。

僕はレズビアンだったんだ。だって、ほかにどう呼べばいい？　今まで気づかなかったなんて、なんて馬鹿なんだろう。チアの最中に懸命に腰を振り、ミシシッピ・デルタやバンドが演奏するセンチメンタルな曲に酔いしれて、なんて馬鹿だったんだろう。

僕は残りの試合を見なかった。バンドが演奏し、クレープペーパーが風に鳴り、バナーがはためき、観客が声援を送るなか、僕はサイドラインに背を向け、走って校門を抜けて、フットボールのフィールドからも学校からも逃げ出した。

僕が十六歳の秋のときのことだ。四十五歳になったいま思い返してみると、すべてが夢の中のできごとだったようにも思える。もしかしたら記憶の中で誇張されている部分もあるかもしれない。

だが、その後に起こったことは今でもくっきりと覚えている。

ミシシッピ州アローキャッチャーの小さな町を、僕は自分の家めざして走った。家に戻って何がしたかったのかはわからない。父の部屋に逃げこみたかったのかもしれない——〈シェイクスピア〉とか〈ガルシア〉とかの名前のついた釣竿やリール、迷彩柄の服、腰まであるゴム長、そんなものに囲まれて安心したかったのかもしれない。まだチアリーダーの衣装を着て、化粧をして、ニセモノの胸をつけてカツラもかぶったままだった。

そのとき何かが、魔法としか言いようのない何かが起こって、僕の足が止まった。南部の空いっぱいに光が見えた——いや光じゃない、でも光に似た何か、真理、と呼びたいような何かが。

僕はその場で通りに立ちつくした。アローキャッチャー高のマーチングバンドの音が遠くに聞こえた。けたたましいサーカスのラッパみたいな音だった。僕は何度か大きく息を吸い、冷たい夜気に吐きだした。

スカートのポケットをさぐり、父が入れておいてくれたレースのハンカチを出すと、マスカラがこれ以上にじまないように気をつけながら目をぬぐった。

そしてフットボールのフィールドに向かって歩きだした。僕は女ではなかった。自分を女だとも思わなかった。男に恋もしていなかった。僕はこの年の、この一夜だけ仮装をした男子で、そして父さんの子であり、この不可思議な南部の土地の子だった。僕は美しく、同時に賢くて、寂しくて、歓びと運命をともにするよう生まれついていた。

体育館は黒とゴールドで飾りつけされていた。フルーツパンチの大きなガラス鉢ののったテーブルが一つあり、糊のきいた白いクロスをかけてサンドイッチやクッキーのトレイを並べたテーブルがいくつかあった。壁のぐるりに親たちが運びこんだ鉢植えや籠に盛った花が飾ってあった。女の子たちはみんなパーティドレスに着替え、男子も親に持ってきてもらったズボンとスポーツジャケットを着ていた。僕らはみんなふつうの男子と女子にもどり、着ていた衣装はすでにロッカールームのバッグの中だった。

レコードプレーヤーから、僕らの大好きなあの曲が高らかに流れてきた。

僕はナディーン・ジョンソンとチークダンスを踊った。そして彼女のひんやりした頬を顔に感じながら、僕の目には自分の未来が見えていた。未来の僕は結婚し——ナディーンとではないけれど、ナディーンのように美しい、いまはまだ顔のない女性と——そして二人のあいだに息子たちが生まれる。僕らは息子たちを愛し、彼らを人に優しい、いま僕らが踊っている音楽を愛する、そして女の服を着るような男に育てる。そうすれば僕らはきっといつまでも歳をとらず、二人の愛は永遠に続くのだ。

# 競訳余話
## Part 1

**柴田**　今回、我々二人で短篇小説を選んで訳すにあたり、一応の約束として、英語圏全体を対象とし、それぞれ三～四作品、合計で四〇〇字一二〇枚以内、作家は本邦初訳が望ましいが、ルシア・ベルリンのような「古くて新しい」人もOK、という条件で選びました(二〇二一年春、初出のMONKEY23号掲載時)。その結果、これは予想どおりというべきか、たとえばフェミニズムとか人種の問題とか、きちんと時代の流れを追っているようなセレクションにはならなかったですね。

**岸本**　全く空気を読まないで選んでしまいました。

**柴田**　ただね、僕がこの一、二年でもし誰も訳していないんだったら自分で訳しただろうなと思う作品を挙げるとすれば、まずはナナ・クワメ・アジェイ゠ブレニヤーの短篇集『フライデー・ブラック』(押野素子訳、駒草出版)の中の「フィンケルスティーン5」。無防備の黒人の少年が撃ち殺されたという現実の事件をふまえて書かれた作品ですが、作品の強烈さが題材の重さに拮抗していて、すごいと思いました。

あと岸本さんも今回、すでに邦訳があるので外した作品として、ボコ・ハラムを扱ったアンジャリ・サチデヴァ「神さまの呼び名をすべて」(高橋雅康訳、『すばる』二〇一九年八月号)がありますよね。

**岸本**　ええ。ほかに、この作家きっと面白いだろうなと思っていながら積んでいるうちに他の方で訳が出た、ということで言うと、たとえばヘレン・オイェイェミ(「ケンブリッジ大学地味子団」上田麻由子訳、『文藝』二〇二〇年秋季号）とか。

**柴田**　要するに、我々が好き勝手なことをやっていても、ほかの人がきちんと時代の流れに沿った、大事な作品を訳してくれている。

**岸本**　私は昔から全然空気を読まないで自分の好きなものだけを訳してきたんですけど、柴田さんもそういうことでいいんですか。

**柴田**　そうだなあ……僕らが翻訳を始めたのは三十年くらい前で、その頃はまだ我々も若手で、年上の人たちがちゃんとしたことをやってくれてるから、僕たちは無茶苦茶やってもいいやみたいな気でいた。それが今はもう、きちんとやらなきゃいけないんじゃないかという歳になっているにもかかわらず、相変わらず端っこの変なところを追っている。下の世代から見てどのくらい不愉快なんだろうと思ったりもするけど、まああんまり反省してないですね。

**岸本**　本人たち的には最高ですけどね。

**柴田**　そうなんですよ（笑）。もちろん、時代の流れに沿ったものを訳している人たちも、そういうところでいい作品が生まれているという実感があってやっているわけだから、みんながそれぞれ「ここにいいものがある」というのを、それぞれの場所で大きな声を出して言っていればいいんじゃないかと思っているんですけど。

**岸本**　私は読むのも訳すのも遅いので、そもそもそういうメジャーなものはどうせ自分には回ってこないから、好き勝手なことをやってやれ、というのもありました。訳す上でスピード感って大事じゃないですか。昔はそんなに先の仕事も詰まっていなかったので、一つ訳すと一か月くらいは何もしないで遊んでいたりしましたが、今も基本スピード感はないです。

**柴田**　まあとにかく、今回選んだ八人の作家が今の二十一世紀の英語圏小説を代表するということでは全然なくて、依然として我々の趣味でやってますという、確認するまでもないことが確認されたわけです。それでは具体的に作品の話に移っていきましょう。

## 最初まで戻って何度も読みたくなる

**柴田**　昨年読んだ小説ですごいと思ったものが二本あって、一本がスコットランドの作家ジェームズ・ロバートソンの*And the Land Lay Still*。スコットランドの現代史を全部取り込んだみたいな七百ページくらいある長篇で、これは自分で訳せることになりそうです。で、もう一本がレイチェル・クシュナーの*The Mars Room*（『終身刑の女』池田真紀子訳、小学館文庫）。この二冊は衝撃的に面白かった。*The Mars Room*は刑務所に収容されている女性の話。ただ、リアルに刑務所の実態を描きましたみたいなものではなく、どこにいても人間が勝手に頭の中で物語を作って勝手に振り回されている様子が、ちょっと斜に構えたような主人公の女性の語りからあざやかに伝わってきてものすごく面白い。今回、クシュナーはぜひ紹介したいと思っていて、短篇はあまり書いていないんですが、幸い、昨年ニユーヨーク・タイムズ・マガジンがデカメロン・プロジェクトという企画をやっていて、その中にこの「大きな赤いスーツケースを持った女の子」が入っていました。彼女の一番いいところが端的に出ている作品というわけではないかもしれないんだけど、ポーの「赤死病の仮面」をひねって、『デカメロン』をひねってという、そのひねり方の面白さとか、男が語って、それを妻が翻訳して、そしてその翻訳者の妻が最後に意外な役割を果たすとか、そのあたりの発想が秀逸なので、十分紹介に値すると思って選びました。(『デカメロン・プロジェクト』はのちに邦訳刊行。藤井光ほか訳、河出書房新社)

**岸本**　クシュナーは私も名前は知っていて、*The Flamethrowers*という長篇が家にあったんですけど、私の悪い癖で買うと満足して表紙を眺めるだけで終わっていた(笑)。でも今回読んでみて、すごく筆がシャープな人だと感じました。小説を書く筋力が強い、というか。原文も見てみましたが、英語が、なんというかハンサムという感じがしました。

**柴田**　うん。レイモンド・カーヴァー以降と言ってしまうと乱暴かもしれないけど、現代アメリカ小説の語りの強みって、語り手の教育もボキャブラリーも貧しくて、でもその中で訴えるものがある、みたいになりがちです。そういう中で、クシュナーはちゃんと作家の頭の良さを語り手が預かってもいいんだと思わせる。

**岸本**　いくつもの枠組みがあって、それをみごとに使っていますよね。まず「赤死病の仮面」の枠があり、「語り」という枠があり、しかも語り手の妻が通訳するというのが肝になっている。この人すごいなと思いました。

**柴田**　だから、逆に言うと弱みが見えにくいところがあって、こういう作りの短篇に一冊全部つき合うのは辛いかもしれない。俺はよっぽど馬鹿なんだな、と読む方が立ち直れないみたいな（笑）。ただ、この人は長篇だと、*The Flamethrowers*でも*The Mars Room*でも全然違う書きぶりです。

**岸本**　「大きな赤いスーツケースを持った女の子」もいくつもの読み方ができるから、最初まで戻って何度も読めますね。

**柴田**　そうなんです。一つの語りがあって、それがきれいにどんでん返しするんじゃなくて、層が何回めくれたんだっけと確かめたくなる。

**岸本**　私はどこまでが作り話なんだろうと思いました。「ヨハン」と「女の子」が空港で出会うところまでが本当というパターン、「ヨハン」がアブダビまで「女の子」を探しに行ったところまでが本当というパターン、全部が作り話だったというパターン、それから夫の作り話ですらなく妻の作り話だったとか、二人のお芝居だったという可能性もある。いろいろな読み方ができて面白かったです。

さっきおっしゃったデカメロン・プロジェクトには、マーガレット・アトウッドやイーユン・リーも参加していますね。

**柴田**　カレン・ラッセルとかね。いくつか読んでみましたけど、企画として縛りがしっかりあるから、その作家の本質が意図せず出ているというような意外性よりも、やっぱりみんな上手いなという思いが先に出てきます。

**岸本**　それぞれの作家の腕の見せ所みたいになっているわけですね。

**柴田**　うん。コロナ関連の作家の文章ってすごくたくさん出たと思いますけど、大半は日記的ですよね。それはどうかなあと思っていたので、その中では面白い企画だと思います。

**岸本**　日本でも似たようなことをやってほしいですね。

**柴田**　今からだってやれるよね。

**岸本**　ＭＯＮＫＥＹでやればいいんじゃないですか？

**柴田**　もしやるのであれば、手前味噌になりますけど、バリー・ユアグローが『ボッティチェリ　疫病の時代の寓話』（柴田元幸訳、ignition gallery）でやったみたいに、やむにやまれず出てきたものがコロナの日々の実感とも響きあう、というようになるのが理想ですね。

## どういう変な話が面白いのか

**岸本**　柴田さんから今回のお話をいただいたとき、しばらく本を買うだけ買ってただ積んでいるだけの時期があったので、訳したいものの候補がほぼ残弾ゼロだったんです。でも、その中でパッと思い浮かんだのが、ルイス・ノーダンの *The All-Girl Football Team* (Louisiana State University Press, 1986) という本でした。この短篇集の中でも今回訳した表題作「オール女子フットボールチーム」が抜群に好きで、いつか訳したいと思いながらなかなか機会がなかった。だから真っ先に飛びついたようなかたちです。

この人はアメリカ人なんですけど、コテコテの南部の出身で、生まれ育ったItta Benaという町をモデルにした架空の田舎町アローキャッチャーを舞台に、シュガーという男の子を主人公にすえた話を繰り返し書いています。二〇一二年に亡くなってしまったんですけど。

「オール女子フットボールチーム」もそのアローキャッチャーを舞台にした一本で、最初に読んだときは、主人公の男の子がなぜこんな変な反応をするのかがよくわからなかったんです。アメフトの格好をした女の子たちを見て女性の美に目覚める。自分が女性の格好をしたときに「僕もこれで父さんみたいな立派な男になれる」と思う。その不思議な回路はなんなんだ、と。でもチアリーダーの格好をしろと言われて、最初はそれが嫌で嫌で、しぶしぶフットボールの試合にも行くのに、突然魔法がかかったみたいに身も心もチアリーダーになるという、あの瞬間が何度読んでも最高で。このシーンのためだけにでも訳したいとずっと思ってました。

あと、この作家はお父さんへのこだわり方が異常なんです。だいたいいつも父と子の関係を書いていて、「オール女子フットボールチーム」にも出てくるギルバートというお父さんと息子のシュガーが別の作品でも繰り返し登場する。面白いのは「オール女子フットボールチーム」の中では、わりとお父さんも肩の力が抜けていて、男っぽいんだけど女装も楽しんでいて、息子にも女装を勧めたりしてだいぶくだけている。ところがその前の短篇では、実際にノーダンのお父さんがそうだったらしいんですけど、ペンキ職人で、アルコール依存症で、お母さんのこともあまり幸せにしていないし、想像力もなく無口で近寄りがたい、典型的な南部の男という感じで。そのお父さんに愛されたいのと憎いのとで息子はぐちゃぐちゃになっている。

でもこの「オール女子フットボールチーム」のお父さんはそういう南部の男らしさの呪縛からもう降りちゃっている感じで、むしろ息子の方が男らしさにこだわっている。それがお父さんの導きによって凝り固まった男らしさの呪いが解けて、バランスのとれた男の子になる。

**柴田** ほかの短篇もいくつか読んでみましたけど、確かにほかでは親がもう少し問題を抱えていますね。でも全体として、最終的には前向きというか、人生なんとかなるっていう方向に行こうとしている。

**岸本** そんな感じがしますね。それって湿地帯ということとも関係しているんでしょうか。「オール女子フットボールチーム」の舞台であるミシシッピ・デルタって、川に挟まれた楕円形の土地で、湿地なんですよね。

**柴田** 湿地と言えば、このあとに話すデイジー・ジョンソンの*Fen*（Jonathan Cape, 2017）も、たいていの話で全然関係ないのに突然湿地が出てくるという不思議な短篇集で、“Fen”（湿地）という題の短篇はないのに短篇集の題名になっている。この人の場合の湿地というのは、海でもなく陸でもなく、中間の曖昧なところということだと本人もインタビューで言っていて、それがリアルなんだかシュールなんだかわからないような書き方と呼応している。一方ルイス・ノーダンの湿地は、都会とは違う、まだ古い価値観が生きられるかもしれないところみたいな感じですね。

**岸本**　いろんな割り切れないものも全部引き受けている肥沃な土地みたいな気がします。

**柴田**　「オール女子フットボールチーム」でもそういう土地の風景描写に気合いが入っている。そういう部分がこの人には大事なんでしょうね。

**岸本**　花の香りとか水田の匂いとか、空気に漂っているものの描写が多い。土地への愛が感覚と分かちがたく結びついている感じがします。

**柴田**　この短篇集が出たのが一九八六年で、それぞれの短篇は七〇年代、八〇年代に書いていたみたいですけど、要するにレイモンド・カーヴァーの時代です。アメリカがどんどん駄目になってきて、短篇でも人生というのは壊れるのが基本形。家族は崩壊するし、仕事はなくなるし、アルコール依存だけは進む。そういう世界です。この短篇集にもそういう世界の片鱗はあるんだけど、でも最終的には世界はなんとかなりそうだという感じがある。書かれた当時、それがどれくらい普通だったのか例外的だったのか、今からはちょっと見えにくいんですけど。

**岸本**　この短篇の中で、主人公が自分の住んでいる場所のことを何度か「エデンの園」と言っています。地形的にも二つの川に挟まれた、そこだけ隔絶したような土地だから、外の世界のアメリカとはちょっと違う世界のような感じがあって。

**柴田**　南部はほんとにいろんな意味でアメリカの中の別世界だという感じがしますね。同じ短篇集に入っている"Sugar Among the Chickens"のニワトリのイメージなんかは強烈だけど、一応リアリズムに入るかな……。南部小説にはよくあることですが、日常的なものの中からグロテスクなものが普通に飛び出してきたりする。

そういえば、つい先日知ったんですが、二〇一九年に亡くなった、ブルース・スターリングなどの翻訳で知られる小川隆さんが、このルイス・ノーダンの熱狂的な愛読者だった

そうですね。この幻想性は、SF畑の人を惹きつけるところがあるのかな。

**岸本**　今回、いろいろ探している中で、わりと現実八割、幻想二割くらいのバランスの作品が多く網に引っかかってきたんです。「オール女子フットボールチーム」は少し前の作品ですけど、今がそういうものが主流なのか、それとも自分の好みが変わったのか。

**柴田**　岸本さんはもともと幻想寄りですよね。

**岸本**　そうですね。今までは幻想十割上等と思っていて、ジュディ・バドニッツなんてほとんどおとぎ話ですし。今回もそういうものを探していたんですけど、引っかかってきたのがわりと現実要素が強くて、ちょこっとだけ幻想成分が混じっているみたいなものが多かった。さっき名前の挙がったアンジャリ・

サチデヴァの「神さまの呼び名をすべて」にしても、ナイジェリアのボコ・ハラムによる女子学生拉致を題材にした悲惨な話だけど、マジカルなところがちょっとだけ入っていて。

**柴田**　うん、あれが入っているのと入っていないのとでは全然違いますよね。

僕らが翻訳を始めた一九八〇年代から九〇年代あたりは、アメリカに限って言うと、女性作家たちは大半、傷つきやすさとか繊細さとかで勝負していて、ちょっとついて行けないなあと思っていたんです。それが、世紀が変わるあたりから、岸本さんが訳したジュディ・バドニッツ、管啓次郎さんが訳したエイミー・ベンダー、あとケリー・リンクとか、幻想十割とまでは行かないまでも、とにかく全然違う、ファンタジーやSFの要素もどんどん取り込んだ小説を書きはじめて、アメリカの女性作家たちが急に変わったという感じがあった。でも、さらにここ十年ぐらいになると、幻想十割で何が悪いかみたいなのが型みたいになってきて、悪いよそれは、と言いたくなってくるというか、さすがにもうちょっと現実と関わった方がいいんじゃないかと思えてきて。

**岸本**　奇想っていくらでも思いつけるけど、一歩間違うと「で?」って思っちゃうっていうことですね。

**柴田**　うん。じゃあどういう変な話が面白いのかというのを考える上で、ルイス・ノーダンしかりデイジー・ジョンソンしかり、今回の岸本さんの選択はすごく重要だなと思いました。

# 足の悪い人にはそれぞれの歩き方がある
# Every Cripple Has His Own Way of Walking

アン・クイン
Ann Quin

柴田元幸 訳

アン・クイン
Ann Quin

1936 - 1973。イギリスの作家。1964年、最初の長篇*Berg*を刊行。その後、*Three* (1966)、*Passages* (1969) 、*Tripticks* (1972)、と37歳でこの世を去るまでに4つの長篇を遺した。2018年、イギリスの出版社And Other Storiesによって未発表の短篇や未完の長篇の断片を収録した作品集*The Unmapped Country: Stories and Fragments*が刊行され、その後4つの長篇も再刊された。「足の悪い人にはそれぞれの歩き方がある」は*The Unmapped Country*に収録されている。

家は古かった。人はもっと古かった。三人姉妹。ヴィクトリア女王の即位六十周年祭も祝った。女王の葬儀で泣いた。実際に自分の目で見たんじゃなくても全部新聞で見聞きしていた。家は新聞だらけ。紙袋を溜めた紙袋。手紙。写真。ブロケードの端切れ。サテン。リボン。ロケット。髪。壊れた眼鏡。薬壜。中は空。外国の貨幣。トランク。ケース。ケーキ。ビスケットの缶。そして鼠。長い夜にゼイゼイ喘いでいるのが鼠なのかどちらかの大叔母なのか子供にはわかったためしがなかった。それとも単に海から吹く風か。高原から。煙突がひゅうひゅう鳴って。夜によっては大叔母の一人モリー叔母さんが喘息と闘ってるんだとわかった。じゃなきゃもう一人の大叔母サリー叔母さんがソーサーから紅茶を啜ってる。そして下の部屋でベッドがギシギシ鳴った。お祖母ちゃんの寝返り。元に戻る。腰から上。お祖母ちゃんに脚はあるか？　子供はお祖母ちゃんの脚のことを考えた。シーツの下に棒みたいのが見えた気がした。いまにも上に突き出ようとしている。フジツボや無数の死にかけた魚が貼りついてる。年とった女の人の体。うろこみたいな。海の底から上がってきたばかりの人みたいな目。でもあれはお祖母ちゃんなのだ。お祖母ちゃんていうのはきっとみんなあんなふうに見えるんだ。巨大なベッドから出られずに。まあでもそれほど巨大じゃない。お祖母ちゃんが隅々まで覆ってるくらいだから。いつもずっと。そしてお祖母ちゃんは何やかやの要求で家を隅々まで覆う。命令で。小さな女の子の声を出して。食べていないときは。眠っていないとき。おまるを持ってこいとぐずる。もう一杯お茶。そしてモリー叔母さんが台所で音を立てるのをやめるとまたおまるを持ってこいとぐずり居眠りしていただろと妹を詰《なじ》る。この家はお祖母ちゃんのものなのだ。サリー叔母さんが着ている濃いピンクのコルセットから紫のドレスまで請求はみんなお祖母ちゃんに届いた。何といっても結婚したのはお祖母ちゃんなのだ。そうしてお祖母ちゃんがモリー叔母さんの許婚《いいなずけ》を横取りしたことはもう誰も口にしない。それはずっと昔の話。それにインドから送った手紙の中で姉妹の間違った方に求婚するという過ちを犯した男ももうとっくにこの世を去った。姉妹は精一杯暮らした。三人で。最悪の時も。終始変わることなく。それぞれの役割を生きた。敬った。嫌った。それぞれ相手の美徳を。チャチな悪徳を。気まぐれを。そして子供の父親が訪ねてくる日を待った。きっと明日だ。明日でなければその次の日。ニコラス・モンタギューが。誰もがモンティと呼ぶ。モンティが家の前の通路をやって来て。家に入って。みんなの歓迎を受けて。旅の話をあれこれして。景気のいい話。でもモリー叔母さんの目はモンティの向こうを見ているだろう。モンティの影の中に何か思い出した夢が見えてるみたいに。手紙の小さな束を仕分けする作業を続ける。長い白い髪に櫛を入れる。薄い髪。すごく薄いので髪というより顔を覆うベール。黒い折れ曲がったビロードの根から生えた潰れたカーネーションの顔。子供の目もモンティの向こうを見る。たぶん。肖像写真を。較べようとして。その間サリー叔母さんはきゃっきゃと声を上げながらモンティの周りをうろつく。歯がカチカチ鳴る。小さな鳥の目が絶対悪いことなんかするはずのない甥に注がれる。他人から見て悪いことをしたと映るとすればそれはほかにやりようがなくやむをえずそうしたのだ。

日はまた次の一日となりまた夜から出てくる。いろんな習慣を伴う日々。いろんな夢。過ぎ去った日々の話。馬が牽《ひ》く乗合車。昼のご馳走。テニスパーティ。音楽の夕べ。いとこたちとテムズの川辺に出かけるピクニック。日曜にそぞろ歩くキュー植物園。そして水晶宮。子供の頭の中でそうした話はガチョウ番の女の話と混じりあった。雪の女王と。シンデレラと。子供はそれぞれの主人公になった。叔母たちのこともひどく年をとっているけれど魔法の杖を一振りすれば美しい女王様に変わって軽やかに女王らしい足どりで歩き出すものと子供は思っていた。きっと自分の父親がその杖を持っていると彼女は信じていた。丘の上の古い城を変容させるのだと。年とった女の人たちを。彼女自身を。魔法の世界に導いてくれてみんないつまでも幸せに暮らす。

何週間も。何か月も。何年も。来た。去った。何時間も待ち構えた末に。子供は鏡に映ったカレンダーしか見なかった。彼女はいまだサリー叔母さんより背が高くなかった。そうなる日はいつまでも来ないのだと思った。小さいので鍵穴からモリー叔母さんを覗き見るのにかがみ込まなくていい時はこの問題を忘れた。午前中ずっと踊り場で覗いて過ごすこともあった。決して変わらない儀式を叔母さんが一つひとつ行なうのを見守った。いつも子供は期待した。いつかの朝に。いつかの日にこの白髪の亡霊が何か違うことをやってくれるのを。でなければまったく何もしないのを。黒いビロード服でじっと横たわって動かない。これを子供は何よりも期待した。そうしたらきっとドアが魔法みたいに開くだろう。やっと部屋を探検できるようになる。隅々まで。広がり。片目で見ているだけでは見えない。それに戸棚も。引出しも。きっと不思議な物が一杯入っている。叔母さんがかがみ込んで見ているいろんな箱。でも中の物を出したことは一度もない。叔母さんの手が震えた。何かの上に浮かんでる。やがて蓋が閉まって叔母さんが箱に鍵をかけた。箱を手に持った。膝の上に大事そうに載せる。唇が動いた。引っ込んだ。子供は爪先立ちで風が絨毯をなぶる踊り場に沿って離れていく。風が階段で絨毯と戯れる。台所に子供が降りていくと食料置場にいたサリー叔母さんが飛び上がる。たちの悪い子だねえいつかあんたに殺されちまうよさあこれお祖母ちゃんのところに持っていくんだよお祖母ちゃんお茶飲みたくて舌垂らしてるからさあ早く行きなさい行ってきたらブレッドアンドバタープディングあげるからね。

子供はトレーを受け取った。お茶をソーサーにこぼさないよう気をつけた。お祖母ちゃんの部屋にたどり着く前にこぼしたらライオンたちに食べられてしまう。でもそのライオンたちだって雌ライオンよりましだ。何を差し出されても子ライオンみたいにグルルとうなる雌ライオンよりは。ああやっと来たねこっちへ持ってきておくれそうそう気をつけて――あらあらあんたほんとにぶきっちょだねえあんたのサリー叔母さん何してるんだいどうせまた昼寝だろうねさあそんなとこに馬鹿みたいに突っ立ってるんじゃないよあんた見てるとほんとに思い出すよあんたの……

口がケーキで一杯になった。お茶で。入れ歯が対処している。肉体の反応。目だけは。水浸し。じっと子供を見ている。もぐもぐ嚙むのに合わせて頭が動く。お茶を口に入れる。飲み込む。指輪をはめたぽっちゃりした指が羽毛蒲団のすきまの空間を満たす。口と称している小さな穴。子供は臭《にお》いを覚悟して息を止めた。尿。古くなった食べ物。それと薬。カーテンを閉じた窓のそばに垂れたべたべたの黄色い帯に貼りついた蠅の数を子供は数えた。戸棚に耳を澄ました。引出しが開けられる。閉じられる。上の部屋で。もうそれ以上息を止めていられず子供は逃げ出した。お祖母ちゃんがもぐもぐ嚙む音から。ギシギシ鳴る音から。台所に駆け込むとサリー叔母さんがたったいまオーブンの前にかがみ込んだところだった。ケーキの平皿を叔母さんが引っぱり出す。温かさに目をぱちくりさせる。作った当の叔母さんが温かく是認する。よしよし。うん今回のは上手く焼けたみたいだ。ナイフで試してみる。二人で黄金色の宝物を見下ろす。うっすら微笑んで。そうこれでいいと認める手。二人は食べた。二口と食べないうちに子供が叔母さんに歌ってよとせがむ。何でもいいから歌って。だけどほらあたしは茶色の小瓶しか知らないんだよ。じゃあそれ歌ってよ。子供は手を叩いた。口の周りからべたべたの残りを舐めた。裏口のドアの下から吹き込む風さえいまや人なつっこく聞こえる気がした。離れに置いた植物も一列まるごと参加して首を縦に振った。丘のてっぺんで雲が軽やかに踊った。ケシや青い花も聞こえたというしるしに家に向かってお辞儀した。もし海がもっと近かったら海もきっと温かい陰謀に加わってクックッと笑うだろう。歌ってよ歌ってよ叔母さんそれにあのダンスもやってね。まったく悪い子だねえあたしゃあんたと一日《いちんち》じゅう遊んでる暇ないんだよさあもう行きなさい庭で遊んでおいで。子供は笑った。叔母さんをハグしようとした。いろんな約束をした。泣くふりをした。叔母さんをくすぐった。やっと求められた歌が飛び出して叔母さんは踊った。ワン。ツー。スリーおっとっとあんたにゃほんといつか殺されちまうよ可愛い茶色の小瓶あいしてるよぉぉぉぉああくたびれたもう駄目おっとお祖母ちゃんが呼んでる。ぶつぶつ言いながら叔母さんは出ていった。スカートの裾が床を擦る。ひげの生えた上唇の隅からプディングのかけらを拭きとろうとしてドアにはさまれた。

　子供は庭で一人で遊んだ。泥まんじゅう。亀を探しに行った。モグラ塚に棒切れを刺した。通路から石を持ち上げた。蟻たちがあちこち行くのを眺めた。何匹かは彼女の靴の下に隠れた。思いきり踏んづけた。石に残った小さな赤いしみを長いことじっと見た。家がじっと見返した。瞼のぼってり重たい目で。顔を上げると海が空に転がり込んでいくのが見えた気がした。それからまた降りてきた。モリー叔母さんが窓から離れるのを子供は見た。背後の暗い空間から出てきた両手。ひとりでに。カーテンをしっかり閉めた。

子供は風と駆けっこして家の周りを回った。通路を跳び越えた。背の高い草の中を這って抜けた。雑草。彼女の鼻を狙っていたクロウタドリを驚かせた。アラセイトウの軍団が仰天して震えた。その背後で伸びすぎた生け垣がいろいろ奇妙な形を作っていた。いろんな影が現われた。子供に向かって這ってきた。窓をノックした。夜に。闇の音が家に住む者たちの夜ごとの音に仲間入りした。住んでいない者たちの音にも。翼があったらこの何もかもから飛び去れるのに。そうしたら。

そうしたら杖をひと振りしてみんなを連れていってくれる人を探すのだ。子供は両腕をぱたぱた振って金切り声を上げながら家に駆け込んだ。階段を上り下りする。二段。三段。いっぺんに。風が仲間入りした。お祖母ちゃんも参加した。やがて家は悲鳴を上げて昼から出ていった。

夜の雑音が入ってきた。明日には来ると思うよあたしにはわかるんだよ感じられるんだよ。誰が来るの叔母さん？　決まってるじゃないのあんたの父さんだよ。そうしてサリー叔母さんの目がくるりと引っ込んだ。奥に。赤らんだ鼻の方に。どんな人なの？　いい人だよお前の父さんなんだよそうともモンティはね……

子供は叔母さんの呟きから顔をそらした。防虫剤の匂いがするハンカチか紫のワンピースの裾でじきに拭われるだろう曇った目から。子供はそっと踊り場まで上がった。お休みなさいの代わりにサリー叔母さんの様子を覗き見して。叔母さんは夕食に指を浸してる。いくつもの箱に囲まれて。手紙に。咳してる。背をのばすと体全体が膨れ上がった。体を二つに曲げた。何か見えない霊にでも襲われたみたいに。鍵穴から妙な音が漏れてきた。叔母さんの開いた口から出ている。子供は家の四方に吹きつける風の音の中に入っていった。四隅に。すきまに。ひび割れに。家の中。窓。何かともつれ合ってる。誰かと。お湯のタンクがしゅうしゅう鳴るずっと上の屋根裏で。鼠たちが待ってるところで。自分の部屋で子供は人形を並べ直した。明日みんなで会う魔法使いのいろんな話を人形たちに聞かせた。

明日も昨日と同じように来た。その次の日も。風とともに。雨と。子供は家から出なかった。風が壁に話していることに耳を澄ました。それから今度は壁が話していることに。見せていること。ドアがいきなりパッと開いたとき見えたもの。閉じたとき。時おりこの家は彼女には明かされない秘密を持つことを子供は知った。この場所が内にくるまってしまうとき。傷を負ったみたいに。姿を現わそうとしない動物みたいに。そんなとき子供はお気に入りのおもちゃと一緒に丸まって眠ろうとした。実際眠れることも多かった。まるっきり知らん顔していればまた出てくるんじゃないかと思って。またもう一度秘密を明かしてくれるんじゃないかと。

目が覚めたのはそんな午後だった。笑い声が聞こえた。突如ちりんちりんとひどく不思議な家じゅう若い女の子で一杯になったみたいな笑い声。子供は一階に駆け降りた。笑い声はお祖母ちゃんの部屋から出ていた。子供は覗いてみた。サリー叔母さんがベッドの端っこに座ってる。ブランコを漕いでるみたいに両脚がぶらぶら揺れて。満面の笑みで顔が広くなって。何かの紙切れを見下ろしてうなずく。いやあほんとに明日来るんだねえ驚いたねえすごいねえ。まあいい加減来ていいころだよねえ。お祖母ちゃんが何かうなってそれからひそひそ喋るのを子供は聞いた。叔母さんが眉をひそめるのを見た。そりゃもちろん来ますよあの子は自分の子供なんだものそれは否定しようがないものいやーでも驚くでしょうねあの子がもうすっかり大きくなったのを見たら。そうそうあの子にちゃんとした服着せるんだよいつもあんな格好してみっともないったらありゃしないまるっきりのお転婆だよ今夜耳のうしろもちゃんと洗わせるんだよサリー。はいはいああでも驚いたねえほんとに来るんだねえモンティほんとに来るんだねえ美味しいブレッドプディング作っとかなきゃワインもちょっとあるといいかねえうんだからそのままあポートワインとかあたしのとこにちょっと残ってるんだよたしかモンティポートワイン好きだったと思うんだよだからポートワインちょっと。その言葉が叔母さんの掲げた小さな紙切れのどこかに呑まれて消える。眼鏡のずれを直した。うなずきながら。唇が動いた。その下でベッドがギシギシ鳴って。やだねえサリーったらあんたもうそれ六回は読んだじゃないのきっともうすっかり頭に入ってるだろうねさあお茶淹れに行っとくれ美味しいお茶飲みたくてたまらないよそれと忘れずにグッドマンズに電話してチキン一羽注文するんだよモンティチキンが好物だからね覚えてるよ小さいころねえ……

子供は静かに居間に入っていった。そして肖像写真を見た。身をかがめて近寄った。子供はささやいた。グランドピアノの前でひとつの黒鍵に濡れた親指を当てた。そこにとどめた。指十本全部白と黒の鍵盤の上に置いた。身を乗り出してけばだった白い頭の虫たちが上がってきて彼女に挨拶するのを子供は眺めた。上に。下に。やがて叔母さんがせかせかと入ってきて叫んだ。やめなさいお祖母ちゃんが寝ようとしてるんだよわかってるだろピアノに触っちゃいけないってだいたいこれはモンティの——あんたの父さんのピアノなんだよ自分以外の誰かが触るのあんたの父さん嫌がるんだよそれで明日には来るんだよ電報が届いたんだものそうだよモンティが明日ね……

子供はピアノの椅子の上でぐるっと回った。両脚を蹴り上げた。お土産持ってきてくれるかな？　まあねまあねでもとにかく帰ってくるんだものそれで十分だよさあ二階に上がりなさいもう遅い時間だよ。

暗い中で。ベッドの中で。また笑い声が聞こえると子供は思った。家の前の通路から足音が聞こえると思った。窓から子供は身を乗り出して門がぐいんと回るのを眺めた。影たちがぐいんと外に出た。扉に付いたフックの上の形から化け物みたいな頭が生えた。でも明日は何もかもがよくなるだろう。

　みんなで一日じゅう待った。引っ込んで待った。追いかけて。部屋を綺麗にして。ピアノの埃を払って。ケーキを焼いて。お茶の休憩。お祖母ちゃんが三十分ごとにわめいて。モリー叔母さんはいままでの日々と全然変わらず。髪を梳かした。ドレスから糸くずをつまみ取った。紙をガサガサいわせた。箱。食事と食事のあいだに二度発作を起こして。子供は生け垣の蔭に隠れた。通るバスをみんな眺めた。通る車をみんな。風が吹いてくるまで。雨。押し戻されて家に入った。うーん何か思いがけない用事でもできたのかしらねえ渋滞につかまったか風邪ひいたのかも。サリー叔母さんがぼそぼそ言った。お祖母ちゃんがおまるから顔を上げてわめいた。でモンティはどこだい何があったんだい？　子供は肖像写真の前に座った。色はベルベットブラウンなんだよと言われた目を覗き込んだ。モリー叔母さんのドレスみたいに真っ黒に見えて白い点がいくつかあっていまにも本人がつまみ取りそうな感じ。それで杖は？　うーんそれは持っていないように見えてもきっと袖の中に隠していてあたしだけがその秘密わかるんだ。

　車が家の前に入ってくるのを子供は聞いた。窓に駆け寄ると男の人が出てくるのが見えた。通路を歩いてくる。女の人が車の中に座ってるのが見えた気がした。子供はカーテンの陰に隠れた。サリー叔母さんが叫ぶのが聞こえた。叔母さんがとんとんと台所から玄関に移っていく。モンティああモンティよく帰ってきたねえあたしたちてっきりもう……

それからその人の声。上がって。下がって。子供はカーテンを体に巻きつけた。足音が聞こえた。とんとんという足音のうしろからもっと重い音がお祖母ちゃんの部屋に入っていく。お祖母ちゃんの小さな声がいつもより静かに聞こえる。ゴロゴロうがいしてるみたいな音。ドアが閉まった。子供は待った。廊下でグランドファーザークロックが鳴るのが聞こえた。二階のカッコー時計を聞き逃したことに子供は気づいた。ひょっとして……

でもドアは開いた。もう一度重たい足音が聞こえた。叔母さんの甲高い声。男の人の低い声。上がって。下がって。海から吹く風とつながってるみたいに低い。でサリーあの子はどこだ？ わからないよモンティどこ行ったのかしらねえ庭で遊んでるのかもあたしちょっと見てくるよ。子供は息をひそめ足音が部屋に入ってくるのを聞いた。向こう側の壁に影が見えた。影がこっちへ来た。消えた。回り込んで覗くと男の人がピアノのそばに立っていた。叔母さんが呼ぶ声がした。呼んでる。庭の小径に叔母さんが見えた。戻ってきて家に入っていく。それがねえモンティわからないんだよいったいどこ行っちゃったんだかでもまあじき戻ってくると思うよお腹空いてるかいモンティ夕ご飯の用意出来てるよ美味しいチキンのねえそれであんたいつまで……

だが男はピアノを弾いて叔母を黙らせた。子供は男を見守った。叔母さんが静かに椅子を引いて腰かけるのを見守った。男は弾きながらハミングした。やがて弾きはじめたときと同じく出し抜けに。弾くのをやめた。うんサリー俺そんなにいられないんだよ。だってモンティあたしたちみんな……うんそれが明日コンサートがあってさ今夜戻らなくちゃいけないんだ——ちょっと寄っただけなんだよみんなどうしてるかと思ってそれに持っていきたい物もあったしこのピアノも明日引き取りに来させるからあとそこの椅子もみんなところでモリーは部屋に何置いてたっけ忘れちゃったよたしかあの象牙のテーブル置いてなかったかい近ごろ祖母ちゃん喘息はどうなんだいそりゃもうだいぶ歳だもんなもう遺書は書いたのかいいいかいサリーちゃんと書かせてくれよ誰も知らないけどきっとあっちの方にたんまり持ってるんだよな？　えええモンティでも残念だよゆっくりしていけないなんて——それであんた——そのだからあんたお金とか——あんたにと思って少しばかり貯めといたんだよモンティけっこういろいろ大変なんだろわかってるんだよだからね……

子供は動いた。ドアの方に行った。ああなんだずっとそこにいてパパから隠れてたのかさあこっちへおいでダーリンいやあサリーずいぶん大きくなったなあさあおいで怖がらなくていいんだよお前のパパなんだから。男が寄ってきた。両腕を突き出して。子供は男の足を見た。自分の足を。男の両腕に包まれるのがわかった。男に持ち上げられる。ぐるぐる回される。子供は目を閉じた。開けるとみんなの顔が下に見えた。壁がくるくる回った。ぶつかった。男の膝の上に座らされて子供は精一杯体を反らして離れた。男の両手が自分の頭に載るのがわかった。

男の体が彼女の体に押しつけられた。煙草の匂いがする。それとよくわからない別の匂い。でも袖に杖を隠してないことは確かだと思った。ほかのどこにも隠してない。男は彼女を抱きすくめた。抱きすくめられて息ができなかった。俺の可愛い娘もうすっかり大きくなったなあこの子いい子にしてたかいちゃんと言うこと聞くかいサリー？　叔母さんが微笑むのを子供は見た。うなずくのを。頭を傾けて。小さな鳥みたいな目が彼女をまだ抱きしめている男に向かって上げられて。彼女を抱えている。撫でている。摑んでいる。子供はもがいた。両腕から逃れて落ちた。うしろに下がった。写真を見た。

ニタニタ笑って彼女を見下ろしている男を見た。両腕はもうだらんと垂れて。革張りの椅子の肱掛けに。片手が持ち上がった。ポケットにつっ込まれた。出てきた。人差指と親指でつまんで明るい色のコインを差し出した。ほらプレゼントだよダーリン何かお菓子でも買うといいそうそういい子だ。このお金サリー叔母さんの小さな箱から取ったんだろうかと子供は考えたサリー叔母さんがこういう丸いぴかぴかのコインを箱に貯めていることを子供は知っているひょっとしてこの人も箱に貯めてるのかな。彼女は歩み出た。そうしてもう一度男の両腕と接触した。両脚と。ツイードにくるまれた。煙草の匂い。それともうひとつの匂い。お祖母ちゃんが体につけてる壜みたいな。けどこっちの方が強い。ずっと甘ったるい。彼女はコインを受け取った。その温かさを自分の温かさに押しつけた。男は彼女を膝に載せて上下に揺すった。

あとになってテーブルの下に男の膝を感じた。食事が済むと男に抱き上げられた。キスされた。またあとで寝かしつけに来るよと男は言った。

子供は待った。明かりは点いている。ずっと下から聞こえる声たちに耳を澄ませた。そのうち風が出てきた。煙突に囚われた風しか子供には聞こえなかった。彼女はそっと部屋を出た。階段を下りた。ドアの方に身を乗り出した。お祖母ちゃんの声は悲しそうな大声だった。サリー叔母さんは泣いてるみたいだった。三つ目の声がぼそぼそ言った。子供は鍵穴から覗いてみたけれどパイプを握っている手しか見えなかった。じきにそれも見えなくなった。子供は足指を丸めて台所のドアの前で絨毯が上下に動くのを見守った。やがて部屋に動きがあって子供は台所に飛んでいった。食料置場に。そこらじゅうから声がした。家の四隅から聞こえる。風さえも逃げてしまっていた。ドアがばたんばたんと閉まる。より重たい足音が入ってくる。部屋から部屋を抜けて出ていく。明かりが点けられる。消される。台所の明かりが点く。叔母さんが小さな箱を空にするのを子供は見た。テーブルの上に明るい色のコインを出して数える。叔母さんがそれをすくい上げてぱたぱたと出ていくのが見えて叔母さんが叫んだモンティモンティさあこれ持っていきなさい何日か足しになるだろうから。子供はしゃがみ込んだ。ケーキの匂いを吸い込んだ。ビスケットと蠟燭。庭で遊んだあともしみついてる湿った土みたいに煙草の匂いが残る自分の手を嗅いだ。玄関のドアが開くのが聞こえた。閉じるのが。家の中は静かだった。子供はそっと台所から出た。踊り場まで駆けていった。モリー叔母さんが窓の前に立っていた。半分カーテンに隠れて。くっくっと笑ってるみたいだった。長いお下げから髪が一本ほつれて左右に揺れる腰のくびれのところでピンクのリボンの中に入っていた。

子供は自分の部屋に駆け込んだ。窓から外を見たけれど門がわずかに前後に揺れているのが見えただけだった。子供はベッドの中に飛び込んだ。ベッドカバーを頭からかぶった。サリー叔母さんが階段をのぼって来る音がした。お祖母ちゃんの声が金切り声になったサリーサリーモンティはまたいつ来るって言ったんだい？　叔母さんが止まった。大きく息をした。うんモンティまたすぐ来るよ心配ないよさあもう寝なさいよええまた来るよ今度はもう少しゆっくりしていけるかもこの次はブレッドプディングも食べてもらわないとね。

子供は寝返りを打って耳を澄ませた。耳を澄ませるとやがて壁が。ドアが。静けさの中で息をした。闇の中で。子供は自分の秘密を家に与えた。

# アホウドリの迷信
The Superstition of Albatross

デイジー・ジョンソン
Daisy Johnson

岸本佐知子 訳

デイジー・ジョンソン
Daisy Johnson

1990 年生まれ。イギリスの作家。ランカスター大学とオックスフォード大学で英文学とクリエイティブ・ライティングを学んだ後、2016 年に最初の短篇集*Fen*を刊行、エッジヒル短篇小説賞を受賞。2018 年、長篇*Everything Under*を刊行、当時史上最年少でブッカー賞の最終候補にノミネートされた。2020 年、長篇*Sisters*を刊行。「アホウドリの迷信」は*Fen*に収録されている。

ポリーへ

お前と赤ん坊のことをずっと考えてる。赤ん坊のほうでもおれのことを考えている気がするよ。ほら、コウノトリが赤ん坊を小さな包みにして運んでくるっていう話があっただろう？　ちゃんと見張ってるか？

いまはもう、ずいぶん遠くまで来た。言葉で聞いてわかったつもりでいても、来てみないと本当にはわからない。引き返したくたって、引き返せやしない。

ぜんぶで四通、何度も数えた、手紙四通よこしたきり、男からの音信はとだえた。口に出しては言わないものの、みんながどう思っているかはわかっていた——手おくれになる前に、とっととずらかったのだ。女の足はひどくむくんで、もうゴム長しか入らなかった。かまやしない。コートをひっかけると猫があとをついてきて、追いはらう間もなくバスにいっしょに乗りこんだ。わおわお鳴きながら通路を行ったり来たりし、女の足元に小便をひっかけた。女は乗り換えのたびに猫をしっかり抱きかかえ、財布をまさぐってきっちりの額の小銭を出した。バスを三つと電車を一つ乗り継いで、やっと誰も名前を知らない波止場に着いた。

あの人を見なかった？　波止場につながれた船の上の男たちに、彼女は訊ねた。男たちが自分の腹を見る目つきに、もしかしたら独りでうろつく妊婦にまつわる迷信でもあるのだろうかと彼女は思った。それとも、腹の中に抱えているものに持つべき愛情の半分も持てない妊婦。あるいは腹が大きかろうと平らだろうと、そもそも女というものが不吉なのだろうか。

どうなの？　彼女はそう言って、船べりを拳でこつこつこつと三回叩いた。彼女なりの呪いのかけ返しだった。

男たちは黙って首を振った。郵便船が荷を奪われることがあると、彼女は前に聞いたことがあった。海賊が人恋しさのあまり、誰かの家の匂いのするものなら何でも欲しくなって、そんなことをするのだという。異国の言葉であろうとかまわない。彼女は想像した――歳に似合わぬ白髪の男が、背を丸め、食い入るようにして読めない手紙を見つめる姿を。

彼女は町に戻ろうとして道に迷い、猫をつないだ紐を手首に巻きつけてバス停留所で夜を明かした。朝になり、人に訊ねても、誰も彼女の住む町を知らず、問われて紙に名前を書いてみせても無駄だった。それきり彼女は遠出をしなくなった。


男のことはずっと学校で知ってはいたが、近づきになったのは互いに十七のときだった。〈狐と犬〉亭でカウンターにいた男の隣に彼女のほうから行って座り、肘が触れ合うほど体を寄せ、眉を片方上げてみせた。よけいな思わせぶりなど無用だった。

彼は魚売りの老婆なみに迷信ぶかかった。〈狐と犬〉の裏のビアガーデンで、彼女はコンドームはあるのかと訊いた。

あんなものは使えない。まるでひどく不道徳なことでも言われたように、彼は顔をこわばらせて言った。鏡が割れるようなもんだ。

なに？　ポリーは言って、体を離した。

割れた鏡だよ、彼は言った。いやもっと悪い。七年どころじゃない〔※鏡が割れるとその後七年不運に祟られるという迷信がある〕。

もしあんなに酔っていなければ、許さなかっただろう。けれどその夜の彼女は彼と話す勇気をふるい立たせるために飲み、それから平静をよそおうために飲み、さらに手持ち無沙汰を埋めるために夜どおし飲んでいた。

ひと月後、ひどく吐いてすべてを悟った彼女が、男のしたことの成り行きを告げると、彼は彼女の手を引いて通りをずんずん歩き、まっすぐチャペルに入った。

どういうこと？　これいったい何のまね？

しいっ。

彼はひざまずいた。彼がそんなふうに真剣に何かをするのを見たのは二度だけだった――一度はパブのじめじめした庭でのあの不器用な行ないのとき、そしてもう一度はまだ十五のころ、猛然と走ってきて、両腕を広げ口を開いて、彼女にタックルをしかけてきたとき。

これからどうするつもり、そのあと彼女は訊いた。

彼はどこか苦しげな様子で顔をそむけた。名を呼ぶと、やっと振り向いた。ルーベン、いったいどうやってお金を稼ぐつもり？　彼はどこかで道に迷った子供のような顔つきになった。二人は墓地のセメントの塀に腰かけていて、彼女は相手がじっと考えこむあいだ黙っていたが、だんだん苛立ちをつのらせた。トラクターが一台、目の前の畑を行ったり来たりしていた。トウモロコシを刈り取っているのだ。それをじっと見ている男を、彼女は厳しく見すえた。

考えがある、彼が言った。

へえ、そうなの？

彼ははじめてまともに彼女の顔を見、先太の親指で自分の鼻をちょんとつついてみせた。彼女は彼の顔いちめんに散らばったソバカスを見てチッチッと舌を鳴らし、やがて彼も笑った。次の日彼はいなくなり、彼女は何人もの人に聞きまわって、ようやくどこにいるのかを知ったが、それでもそこが何という場所なのか、いつどうやって戻ってくるのか、誰も知らなかった。

彼は船のさまざまな部分《パーツ》を愛した――船を形作り、一つにつなぎ留めている部品を。一種独特な物の呼び名を愛し、約束事を愛した。何より彼は、船を燃料のように動かしている恐れと信心の符丁を愛した。二週に一度、カニ漁師のように指を切り傷だらけにして帰ってくると、彼は妻が母親から譲り受けた小さな食卓に身を乗り出して、さまざまなことを語った。海の上で口笛を吹いていいのは船長だけで、さもないと悪い方角の風を呼びよせてしまうこと。船に乗りこむときにはかならず右足からでなければならないこと。ケリー・フィニィという老人が、乗る船がかならず災難に見舞われるために波止場ではヨナと綽名《あだな》されていること。それから彼は、火事で焼けた古い灯台と、仲間から聞いたそれにまつわる物語についてもしょっちゅう語った。

ウサギのことは〝長耳《ラングラグ》〟と呼ばなきゃならない、彼はよくそう言った。そして船にはウサギを持ちこんじゃならないんだ。絶対に。

彼女は立ちあがって横を向き、体の前にせり出したものを指さして言ってやりたかった――なら、あんたはこれについてはどう思っているわけ。

あたしだったら乗せたいけどな、ウサギ。かわりに彼女はそう言った。

ウサギじゃない、彼は鋭い頬骨の上でカエルのように目をぎょろつかせて言った。長耳だ。言っただろう。言っただろう。

わかった。

最初のうち、彼が乗るのはトロール船や網つきのモーターボートのような漁船ばかりだった。だが朝暗いうちから起き出し、一日じゅう手が赤くなるほど網を引き、魚の臭いが体にしみついて取れない、そんな日々が本意だったわけではなかった。おれが乗りたいのは、と彼は言った、うんと遠くの海まで出てって、半月ちかくどこにも陸地が見えず、見渡すかぎり海と潮風しかないような船なんだ。大金持ちの船主を乗せてカリブ海を旅したり、アフリカの先っぽまで行く、そんな船がいい。

ふうん、と彼女は言った。口には出さなかったが、内心ではこう思った——でもそんな船はあんたなんか乗せてくれないわよ、こんなに痩せっぽちで、育った場所も、親も、ろくでもないんだから。そういう船は、きっと何より血筋を重んじるだろうから。


永遠に去ってしまう前の日、彼は夜おそく帰ってきた。コートの前がふくらんでもぞもぞ動き、中から転がり出たと思ったら、食卓の上で体を三角に怒らせた。真っ黒というのではない、すこし灰色がかって、顔のまわりを白の点々が取りかこんでいる。それが食卓の上で振り向きざまに、怒りのこもった目で静かに彼女を見つめた。

何なのよ、これ。

猫だ。

そのとき彼女は、彼の子が体の中に入りこんだように、彼の古くさい迷信癖までが自分の体の奥ふかくまで食い入っているのに気がついた。

でも不吉じゃない。自分でそう言ってたでしょう。

彼は手を伸ばし、そばかすに皺をよせて笑った。猫がその手を引っかこうとした。

船乗りにとっちゃ幸運のお守りなんだ。面白いだろ？　それに船乗りの女房にとっても。こいつを手元に置いて、おれを災いから守ってくれ。猫は背を丸めたまま後ずさり、また彼の顔めがけて飛びかかった。

その夜、彼がアホウドリの話をした。アホウドリの中には死んだ船乗りの魂が入っているんだ。どう思う？　どうって、べつに何も。そう彼女が言うと、彼は彼女の顔のすぐそばでべろっと舌を出して笑わせた。しばらくして目を開けると、彼がこっちをじっと見ていた。瞳孔が大きく開き、吐く息がかすかに乱れていた。

どうしたの。

いいと思わないか。

え？　何がいいって？

アホウドリの中に入ることさ。そしたら飛んで、どこへだって行ける。

なにを言ってるの。

楽しそうだ。

わかった。もう黙って。

彼は彼女にぴったりと体をすり寄せてきた。彼女の皮膚をつなぎとめている留め具をはずして中にもぐりこもうとでもするように。死んでアホウドリの体に入って旅する夢と同じくらいに、そうすると心が休まるとでもいうように。

でもお前と赤ん坊はどうなんだろうな。死んだらどこに行く？

彼女は笑った。さあね。あたしはハトの中がいいな。

彼の表情は動かなかった。それをさえぎるように彼女は目を閉じた。

彼は手紙に書いてきた。夜中の三時に見張りに立っていると、水面《みなも》の霧を切り裂いてほかの船の灯火が見えることがある。無線を送る、船はみるみる近づいてくる。無線の向こうは、ただ沈黙。あるときは、それは打ち捨てられ、うら哀しく潮を漂う幽霊船だ。べつのときには、ただ夜の見張りを立てておく人手もやる気もないギリシャ船だ。

彼女は寝る前の時間をつぶすために〈狐と犬〉亭で働きはじめ、自分の腹が空気でふくらむみたいにだんだん大きくなっていくのを夜毎そこでながめた。本当に空気だったらいいのに。最初からそう思っていた。夜は海をあてどなくさまよう船の夢を見た。泳いで近づき、ロープを伝って甲板に上がる。濡れた足跡をつけて誰もいない部屋から部屋へめぐると、皿の料理は食べかけで、寝台にはまだぬくもりが残り、生け簀の中で息を吹き返した魚がばしゃっとはねる。

手紙で彼は、赤道を越えるときに船員たちがやる祈りのような儀式のことや、船長が幸運のお守りに大事にしている豚の写真のことや、誰かが船に呪いをかけるために乗せた草のことを書いた。彼が長靴で蹴りあげると草は高々と宙を舞い、くるくる回って海に落ちた。

彼女は意地をはって猫に名前をつけなかったが、一週間もすると、しぶしぶながら互いを同居人と認めた。猫は自分の体も満足に温められないほど痩せっぽちなのに、それでも彼女の役に立とうと腹の上に乗ってきた。誰にも教わらなかったのか喉も鳴らさず、ただ小さくふるえていた。お返しに彼女は週に二度魚を買ってきて与え、猫がそれを骨までしゃぶるのをながめ、それ以外のときはイワシの缶詰をやった。朝、目を覚ますと、自分をしげしげと見ている猫の顔が間近にあった。

手紙に添えられた写真の中で、彼は上半身裸で、木の実色に日灼けし、片腕をひねって、ががたの線で入れた刺青をこちらに見せていた。北極星だ。〈無事に家に戻れるように〉と彼は書いていた。もしも海の上に手紙を送れたら、あたしは何と書くだろう？　もう帰ってこないで。あなたなんか要らない。

アホウドリの話、覚えているか？　最近一羽、船のあとをついてくるのがいる。最初見たときは何だかわからなかった。あまりに大きすぎて、現実とは思えなかった。あの中に死んだ船乗りの魂が入っているということが、おれの頭から離れない。ひどく気味がわるいよ。あの大きな目玉の奥から誰かがこっちをのぞいてるみたいで。ほかの仲間はパンのかけらや食べ残しを投げてやるが、あいつはカモメみたいに飛んでいって受け止めるようなマネは絶対にしない。気位が高いんだ。食い物が下に落ちるまで待ってから、ほとんど羽ばたきもせずに取りにいく。おれはパンを投げないんだが、そのせいであいつに目をつけられているような気がする。おれが怖がっているのを知っているんだ。そのことで仲間はおれをからかうが、たぶん図星だ。おれはひどく怖がりなんだ。

手紙がとだえた。知るものか。あんな男、知るものか。彼女は仕事をさらに増やし、遅番のシフトも入れた。給金がよかったせいもあるし、最後に年寄りの常連客たちを追い出して店を空《から》にするのが好きだった。老人たちは毎晩のようにやって来たが、いまだに彼女の腹を感慨深げに眺めては頭《こうべ》を垂れた。歩いて帰る道すがら、空はすっかり空っぽになり、それがピンク色だとハッと恐ろしくなり、以前ルーベンが道を走って帰ってきて、おい空が真っ赤だ、体は無事か？　と訊いたことを、いやでも思い出した。

奇妙なことに、話半分にしか聞いていないつもりだったことが、いつの間にか彼女の中にもしっかり根をおろしていた。彼女は毎日、何が床に落ちたか、店に出たときにテーブルの上に何が載っていたか、夕方誰が一番に店にやってきたかを気にするようになった。肉屋のウィンドウにウサギが吊るされているのを見ればおぞけをふるい、仕事がなくて手持ち無沙汰だったある晩には、ルーベンの刺青と同じくらいがたがたで醜い羅針盤の絵を食卓に彫りつけた。

ときには家全体が船になったように思えた。隅々がじっとりと濡れ、床から天井まで木材の継ぎ目が走り、家具はすべて壁にボルトで留められていた。あるときは家の中に波の気配があり、潮のぶつかり合いや逆流が床板の下でうずまき、自分の背後で大きくうねって不安定な体をひっくりかえそうとした。またあるときは海の生き物が夫のかわりに戻ってきて、家の中をのたうった。夜中に魚の群れが脚のまわりをちらちら泳ぎ、息を吐く大きな何かがじゅうたんの縁をにじって近づき、バスタブの中をエビやカニが這いまわった。

やがて朝の空は毎日のように赤く染まり、猫は何かを病んでしきりにくしゃみをし、食べたものをすべて吐くようになった。朝の空は毎日のように赤く染まり、寝室から階下におりると、家の中はまるで壜から解き放たれた嵐が暴れまわったあとのように、食卓やカウンターや壁のものがすべて床に落ちていた。

仕事がないときは四通の手紙をくりかえし読んだ。読むほどにこの男に何かを、とりわけ自分の時間を、くれてやったことへの怒りがつのった。言葉の裏になにかヒントがこめられていないか、ピリオドの後ろに消された文字がありはしないかと、探すようにして読んだ。手紙のどこかを読み落としていて、そこにはおれはもう帰るつもりはないとか、おれもお前と同じくらい赤ん坊を望んでいないとか、どこか遠くに行って暮らすつもりだ、などと書かれていはしまいか。だが本当は何も見つからないとわかっていた。彼は裏に意味を隠せるほどの言葉を書く人間ではなかった。

夜はクジラが彼女を眠らせなかった。クジラは海原と化した家の床下から身をおどらせて跳ね、床板をばらばらに砕いて部屋に上がってくると、ベッドのまわりでサメのように輪を描き、やがて本当にサメに変わった。サメは彼が手紙の中でそれらについて書いた文字からできていて、ヒレの一つひとつの先がのたくったSの字だった。

家に独り取り残されるのはいよいよ耐えがたくなっていった。サメどもはときどき苦悶にうめきながら脚を生やした。ひょろひょろと生白い、くるぶしの骨ばった脚。サメはベッドの上にあがってきて彼女の隣に横たわり、数が増えて隙間がなくなると、互いに折り重なった。彼らはこんな体でいることの苦しみをしきりに訴えかけていた――つねに動きつづけていないと死んでしまう、水をはじく灰色の胴体、スーパーモデルのような脚。彼らは見るからに不安定で、哀れに思って見ているうちに、息ができなくなった。

やがて彼女は仕事以外の時間もパブに行くようになった。四通の手紙を持っていき、カウンターに寄りかかり、腹の出っぱりに合わせて椅子を大きく引いて、それを読んだ。あるときふと周りを見まわして、自分がすっかり彼らの仲間入りをしてしまったことに気づいた。決まった席に陣取って自分の内側にうずくまっている、土地の常連客に。

週末と金曜の夜には店はあっと言う間に満杯になった。右にも左にも人がひしめき、カウンターはビールの泡で濡れ、彼女はときどきただ働きを承知でカウンターの中に入り、手伝いをした。

ある晩、横を向くと羅針盤の刺青のある腕が目に入り、胸を突かれて顔を上げた。この店に船乗りはめったに来ない。この町で生まれた人間以外が来ることはめったにない。何もかもから遠く離れた場所だ。ルーベンよりも歳かさのその男は、からかうような目を上げた。お前さんがほかの誰かの影をおれに重ねているのはお見通しさ、そう言っている目だった。その夜、彼女はずっと男のそばにいて、会話の終わりや始まりがふわふわと上がってきては騒音の中に消えるのを眺めていた。ルーベンから聞いて覚えた船乗り用語が、彼女を釣針のように引っかけた。

もうだいぶになるのか？　やがて男は彼女の腹のほうに顎を向けて言った。店は客が引けはじめていた。

八か月。もっとかも。

男は大きく息を吸いこんだが、口笛は吹かなかった。言葉に聞き慣れない訛《なま》りがあった。湿地《ここ》の人間でないのはたしかだ。もしかしたらイギリス人でもないかもしれない。

もうじきだな。だろう？

彼女は返事をしなかった。戻ってくると男はもう消えていて、飲みかけの酒だけが残っていた。

彼女はこぼれたビールを拭き、手紙を広げ、顔を近づけて読んだ。


気になっていることがある。お前と赤ん坊のことを考え、あのアホウドリがおれたちのあとを追いかけてくるのを見ていると、コウノトリじゃないんじゃないかっていう気がしてくる。あいつなんだ。あいつはおれにもうじき赤ん坊が生まれるのを知っていて、運ぼうか、どうしようか、考えている。おれを試してるんだ。霧にまぎれて、あいつは姿が見えなくなった。きっと飽きて、どこかよそへ行ったんだろう。だが最近いやな夢ばかり見る。あいつらは赤ん坊を運んできて、また持っていってしまう。こんなことを言うのは験《げん》が悪いが、あいつがいなくなっておれはほっとしている。猫は無事か？

ある朝目を覚ますと空は真紅で、カーテンごしにつややかに輝いていた。骨にひびく気分の悪さだった。途方もない、船酔いに似た吐き気。何かがひどくおかしい。壁に片手をついて、一段ずつ階段をおりた。何かが起こっていた。見る前にわかることがある。熱い朝日がこめかみを射し、口の中まであふれた。

食卓の上にアホウドリがいた。彼女が彫った羅針盤をまたいで立っていた。背後の窓はガラスが粉々に割れ、窓枠が内側に折れ曲がっていた。部屋の幅をはかるように、鳥は巨大な両翼をいっぱいに広げていた。割れた窓から射しこむ光に照らされ、それはまるで見てはならない何かの間違いのように見えた。彼女はルーベンがアホウドリについて書いていた言葉を思い出した——最初うすぼんやりとした影だったものが、形も変えずにまっすぐこっちに向かってくる、まるで呼ばれたみたいにあいつらはやって来るんだ。彼女の目の前で、鳥は岩のように不動で、首を重たげに垂れ、翼はぴんとまっすぐに張っていた。胸をかすかに動かす、その息の上下が目に見えるようだった。

一歩踏み出した拍子に何かの破片を踏み、皮膚が切れる感じにヒッと息をのんだ。鳥は体を揺すって翼を胴体に折りたたみ、大きく平たい足を踏んばった。

彼女は言いたかった。あなたがなぜここにいるのか知っている。なぜここに来たのか知っている。あたしはこの子がいなくなればいいと思った、そう、たしかに思った。あなたがここに来ればいいと、あたしは願った。
彼女は片方の手を腹におろしてルーベンのことを思った――今ごろは海の底だろうか、どこかの島に流れついただろうか、それともただ船の上で日に灼けて、器用な指でオレンジでもむいているだろうか。彼が、今までの人生で何ひとつ知らずにきたルーベンが、ふいに身を起こし、彼女がこれを呼び寄せたことを知るところを想像した。きっと彼は祈るだろう。彼にはそれしかないのだから。

おれは最近いろいろ考えすぎてしまう――お前は何も言わなかったけれど、きっとお前も同じことを考えていたんだろう？　気にしないでくれ。お前のために、おれはだんだんまともになってきた。今はせっせと体をきたえて、お前と赤ん坊のところにきっと戻るよ。

さらに一歩前に踏みだすと、鳥はまっすぐ彼女の目をとらえた。たったそれだけで、すべてのことは了承されたようだった。それじたい一つの祈りだ、そう思いながら、彼女は片方の手を上げた。

# 競訳余話
Part 2

## 真剣勝負が当然だろうという時代の空気

**柴田**　今回、一本は古いものを選びたいという気持ちが最初からあって、それは先日の日本翻訳大賞で、一九三〇年代に書かれたデボラ・フォーゲルの『アカシアは花咲く』（加藤有子訳、松籟社）に我々が賞を出したということとも繋がる話です。このアン・クインの「足の悪い人にはそれぞれの歩き方がある」のように、どう書くかがあたかも生死に関わる問題であるかのように書いている、その覚悟とか気迫みたいなものは、今の時代にはなかなかないと思います。なんだかよくわからないお父さんがいて、その叔母だか母親だかよくわからない女性たちがいて、男の帰りを待っている。そしてそれを子供がなんだかよくわからないなと思いながら見ている、という話。何が書いてあるかよりも、こう書かなければいけないのだという気迫で選んだと言ってもいいです。

**岸本**　私はこの作家は知らなかったんですけど、柴田さんは昔からご存知だったんですか？

**柴田**　二年くらい前にブライアン・エヴンソンのエッセイで知りました。エヴンソンがこのアン・クインという作家を偶然発見して、のめり込んで、復刊本に解説まで書いたという話を、MONKEYの17号で訳した長篇エッセイ『レイモンド・カーヴァーの「愛について語るときに我々の語ること」』で書いていて。それでエヴンソンがまず読んだ*Berg*という長篇を読んでみたら、すごく面白かった。長篇もこの作品と同じで、なかなか読むのが大変なんですけど。

**岸本**　「足の悪い人にはそれぞれの歩き方がある」は文章にカンマがないですよね。柴田さんの訳にも読点がない。

**柴田**　ないですね。

**岸本**　ある意味リズムが主役という感じなんでしょうか。

**柴田**　そうですね、リズム、トーンといった技術的な言葉で説明できると思うんですけど、でもそれだけでは済まないような気もしてしまうんです。

**岸本**　もうこの書き方が魂と直結しているみたいな。カンマを入れろと言われたら死ぬ、という感じですね（笑）。読んでみて、この時代にこんな作家、こんな書き方が存在したのかとびっくりしました。あと、家に異常な存在感がありますよね。家の匂いみたいなものが伝わってくるし、家が人格を持っているような感じがする。

**柴田**　ここに出てくる子供からすれば、この家はほとんど全世界だから、その家の中で聞こえてくる音とか匂ってくる匂いってすごく大きな要素ですよね。最終的にかたまりとして伝わってくるのは、この子供が生きている世界そのもの、その世界の実感だと思う。

**岸本**　エヴンソンが発掘するまではあまり知られていなかったんでしょうか？

**柴田**　はい。一九七三年に自殺したあとはおおむね忘れられていたのが、二〇一八年あたりからAnd Other Storiesという野心的な出版社が復刊しはじめて、来月（二〇二一年二月）四冊目が出て、ほぼ全貌が見えてくるみたいです。こういう特異な書き方をしていて、世間的にはなかなか受け入れられなかったすごい女性作家ってまだ過去にいるんじゃないか、という気がする。

**岸本**　一人で一ジャンルというか、文学史上、誰とも繋がっていないような孤独な感じがしますよね。

**柴田**　アメリカならそれこそ大詩人のエミリー・ディキンソンからしてそうですよね。男は実験的なことをやったときに、ポストモダンとかすぐ枠に入れられるけど、女性の方は感性で勝負しろとか、家庭のことが書いてあるといいよね、みたいにどうしてもなりがちで。岸本さんが訳したルシア・ベルリンだって、六〇年代から書いてたのに、アメリカでも日本でも今やっと発見されたようなものじゃないですか。それだけ時間がかかった。

**岸本**　ルシア・ベルリンもやっぱり何人かの作家が忘れないでいて、復活させるために奔走したという経緯があるので、似たところがありますね。アン・クインが書いていたのは六〇年代ですか？

**柴田**　ええ、六〇年代なかばから、四十歳上のファシスト作家と恋愛したり、精神を病んで電気ショックを受けたりしながら十年くらい書きました。

**岸本**　その頃って、実験的な作風の作家がほかにもいろいろいた気がするんですけど。

**柴田**　アメリカではそういう流れがはっきりありましたね。トマス・ピンチョンやジョン・バース、ドナルド・バーセルミとか、当時は「ニューフィクション」と言われて今は「ポストモダン」と呼ばれている流れがあったけど、イギリスは伝統的に実験小説みたいなものに冷たい。だからなかなか大きな流れにはなりづらい。B・J・ジョンソンとか、僕には難しくて読めないんだけど、そういう人たちが何人かはいて、アン・クインもその一人だと思います。本の宣伝文句に頼るのはよくないけど、この短篇が入っている本の裏表紙には、前の世代にはヴァージニア・ウルフやアンナ・カヴァンみたいな尖った人たちがいて、後の世代にはキャシー・アッカーとかがいて、アン・クインはその橋渡しをする存在だと書いてあります。まあしいて系譜を見ようと思えばということですけど。

僕としてはポイントは二つあって、一つは、現代は書き手が自分を百パーセントシリアスに捉えることがなんとなく禁じられていて、どこかで「なんちゃって」という自分ツッコミがないと駄目みたいなところがある。「私、自分を相対化してますから」みたいなことを、どう気が利いたかたちでできるかで勝負しないといけないような空気がある。だから、アン・クインのように、そういうことをしないでもよかった時代、真剣勝負が当然だろうというなかで書いていた時代の空気には、時々触れた方がいいんじゃないかと思います。

もう一つは、何を今頃馬鹿なこと言っているんだと思われるかもしれないけど、自分自身、もうちょっと女性作家に目を向けた方がいいんじゃないかという、すごく恥ずかしい話で。

**岸本**　でも柴田さんも女性作家を訳されていますよね。ケリー・リンクとか。

**柴田**　あとレベッカ・ブラウンくらいですね。

**岸本**　だとすると、意識していないことが駄目なんだ、ということなんでしょうか。

**柴田**　八〇年代あたりに刷り込みが起きてしまって、その刷り込みを捨てるのが遅すぎた、ということですね。女性作家といえば感受性という風潮だった時代に、新しい作家を探していて、面白そうな書き手が二人いて一人が男で一人が女だったら、意識もせずにまず男を見ていたと思う。今になって、いろんなところに目を向けると、こんなにいい女性作家がいるんだ、という馬鹿みたいな感慨があって。結果として、今回は三本とも女性作家を選びました。

**岸本**　最初は私の方も含めてすべて女性になりかけましたね。

**柴田**　わりと自然にそうなりましたよね。先月、小島敬太くんと一緒にアメリカ、中国の短篇を選んで訳した『中国・アメリカ 謎SF』（白水社）というアンソロジーを出したんですけど、そこでも僕が選んだ作家は三人とも女性なんです。

　というわけで、アン・クインを選ぶにあたっては、半世紀前のものにしかなかった凄みがある、周縁的な女性作家が書いた、ということが要なんですけど、そうは言ってもまあそういう理由は後付けみたいなもので、やっぱりまずは読んでいて「おお！」と思える、というのが大前提なんですけどね。それがどこまで訳せたか、というのはまた別問題ですけど。

**岸本**　その異形の感じはもう一行目で確実に伝わってきます。

## 行間にヌメっとした湿気が漂っている

**岸本**　このデイジー・ジョンソンという作家は知らなかったんですが、私が知らなかっただけで、*Everything Under*という長篇でレイチェル・クシュナーと一緒に二年前のブッカー賞のショートリストに残っていたんです。

私は本を探すとき九十パーセントはジャケ買いなんですけど、この*Fen*はちがって、何かの新刊紹介を見ていたら、少女が断食してウナギになる話が入っているとあって「これは読むしかない！」と思った。Fenというのは、デイジー・ジョンソンが生まれ育ったイングランドの東の方の湿地帯のことです。最初に載っている"Starver"という短篇は、昔は湿地だった町の話です。そこを農地にするために干拓して、水を全部抜いたらウナギがいっぱい捕れたので、そのウナギをその土地にこれからいっぱいやって来る労働者の食料にしようとする。ところが捕ってきたウナギに何をあげても食べなくて、結局骨と皮みたいになってしまい、全然食べるところがなかった。そういう出来事が百年くらい前にあって、それとは別の話として、少女が断食してウナギになってしまう。でもうっすらと土地の因縁というか呪いみたいなものを連想させる話で、冒頭に置かれたこの一篇が、この本全体のムードを予告しているようなところがあります。
最初はこれを訳そうかなと思ったんですけど、ほかの短篇も読んでいくと、どうもすべて同じ町の話なんです。出てくるパブも同じだし、同じ逸話が繰り返し出てきたりする。ある意味この町というか、この湿地が本全体のもう一つの主人公みたいなところがあって、現実と幻想の境目も曖昧だし、人間と生き物の境目も曖昧。兄弟が狐になる話もあって。
ちょっと話が逸れるんですけど、今回たくさん読んでみて、やたら人間が動物に変身する話が多かったんです。人間が狐になる話が三個くらいあったし、鹿になる話もあったし、ひょっとしてトレンドなのかなって思ったんですけど。

**柴田**　うーん、そう言えば……。

**岸本**　まあともかく、*Fen*にはほかにも変な話が多くて、一軒家に謎の美女が何人か住んでいて……

**柴田**　男を食べる話?

**岸本**　それです!

**柴田**　食べるとみんな食中毒になる(笑)。

**岸本**　そうそう。あと、家がそこに住んでいる少女に恋をする話とか。とにかく変な話が多くて、しかもどれもちょっとヌメっとしているというか、行間にそれこそ湿気が漂っていて。

**柴田**　家が少女に恋をする話も、彼女にはレズビアン的な関係の恋人がいて、その恋人を家が隙間から吸い込んじゃうんですよね。ふつう、行間を読むとか言うと、行間に繊細な感情が隠れていて、ということだけど、この小説の行間にはもっとヌメっとした不気味なものが隠れている。

**岸本**　そうなんです。今回訳した「アホウドリの迷信」も、十代の女の子が妊娠して、相手の男は海に出て行って戻ってこなくて、家にひとり取り残されてだんだん変な思いに取り憑かれていくんですけど、それにつれて水に関する単語が増えていって、どんどん文章がびしゃびしゃになっていく。

　あと、家の中にアホウドリがいるという情景がほんとうに怖くて。アホウドリってものすごく大きいんですよ。昔、雑誌で大貫妙子がアホウドリがいっぱい繁殖しているどこかの島に行って、卵を抱いているアホウドリの隣にしゃがんでいる写真を見たんですけど、大貫妙子よりアホウドリの方が一・五倍くらい大きかった（笑）。それでアホウドリって怖い、というイメージが私の中にはあって。そういうどうしようもないような部分が好きなんです。

　私、今回この企画をやってみて自覚したんですけど、ものすごくいいと思う場面が一つあったら、もうそれだけで訳したいと思うみたいです。さっきのルイス・ノーダンもそうです。結局アホウドリが何かというのは説明されないし、因果関係があるのかないのかわからないままボンと放り出される。その感じもすごく面白い。これもやっぱり現実八割、幻想二割ぐらいの感じですね。

**柴田**　それに加えてこの短篇、アホウドリを射ち殺すことで呪いが生じるという、コールリッジの有名な詩「老水夫行」もなんとなく影を落としていますね。あからさまなパロディというわけでもないけど、今回選んだ中では珍しくそういう文学的な仕掛けが少し入っている。ただ、そういうことよりも、岸本さんが今おっしゃった、アホウドリってでかいよねというような、質感とか量感、温度とか匂いとかが、特にねっちり描写されているわけではないんだけどしっかりと伝わってくる、ということの方が大事ですね。この書きっぷりはなかなかすごいんじゃないかと思いました。

あと、妊娠している女性を内側から書くというのはほとんど女性作家の特権みたいなものですが、それがこの「アホウドリの迷信」では神話的なるものとか大きなものとかに収斂したり、美しい話でまとめられるわけではなく、かといって妊娠ってほんとにリアルで大変なものなのよ、みたいな現実的なリアリズムに収斂するわけでもなく、お腹の中に一しかあっちゃいけないところに何か変なプラスアルファがあった、みたいな感覚だけが残る。それがいいですね。ストーリーは忘れても、感覚だけが残るというか。

# アガタの機械
Agata's Machine

カミラ・グルドーヴァ
Camilla Grudova

柴田元幸 訳

カミラ・グルドーヴァ
Camilla Grudova

カナダ出身、エジンバラ在住の作家。モントリオールのマギル大学で美術史とドイツ語を学んだ後、*The White Review*誌、*Granta*誌（いずれもオンライン版）に短篇を発表。2017年、最初の短篇集*The Doll's Alphabet*を刊行。2022年、最初の長篇*Children of Paradise*を刊行。「アガタの機械」は*The Doll's Alphabet*に収録されている。

アガタが彼女の機械を初めて見せてくれたとき私たちは二人とも十一歳だった。私たちはどの授業でも一緒だった。アガタは血色が悪く痩せていて、手と足は巨大だった。濃い茶の短いボブヘアの前髪を、無地のプラスチック製バレッタで頭の上に引っぱり上げて留めていた。眉毛は太くはなかったけれど、長くてこめかみまでのびていた。口は横に広いが唇は薄く、何となく芋虫を思わせた。

私と違ってアガタはクラスメートや先生に苛められていなかった。私よりもっとひどい扱いをされた生徒はラージ・バーバラだけで、この子はものすごく太っているので歩くにも杖が要り、目はろくに動かない片目があるだけで、あごにあるいぼはものすごく細くて長くて体全体をからかっているみたいだった。アガタがからかわれたり苛められたりしなかったのは彼女が天才だったからだ。理科も算数も得意で、美しい複雑な詩が書けるのに学校の課題でやらされるときしか書かなかった。授業中しょっちゅうあくびをして、片脚をぶらぶら振った。誰よりも早く課題を済ませた。彼女が授業と関係ない本を読むのを黙認する先生もいた。それらは外国語で書かれた輸入本で、たくさん載っている複雑な図表も私たち生徒には言葉と同じにまったくの神秘だった。

苛められもしない代わりに、アガタには友だちもいなかった。そういう些細な事柄は超越している感じだった。誰も彼女をパーティに招かなかった。彼女がパーティにいるところを想像するのは不可能だった。昼休みも本を読んでいた。遊んだりお喋りしたりもしなかった。ほかの生徒たちのことは蠅か蚤みたいな邪魔と見ていた。金を払って宿題をやってもらおうとした子もいたけれど、「あたしがほかにもっとやること、ないと思う？」と彼女は答え、その傲慢な口調が自らの傲慢さを楽しむように、芋虫の口がくねくね動いた。

アガタの家はおそろしく子だくさんで貧乏だったが、それでもアガタが勉強に集中するためなら両親は何でも買ってくれた。本、高価なペン、煙草。アガタは一番年上の一番有望な子供だった。残りはみんな鼻タレの、字を読むのものろい子供たちで、すり切れた幼年期をあまりに多くくぐり抜けてきたお下がりを着ていた。服があまりに古く、あまりに時代遅れで、髪があまりに少なく、手足があまりにぐらぐらで、おでこがあまりに大きいので、みんな――女の子までも――小さな老人に見えた。アガタは服に興味がなかった。頼めば両親はきっといい服を買ってくれただろうけれど。

アガタはもっと年上の主婦向けの、安っぽい花柄のワンピースを着て、大きな男物の靴を履いていた（父親のお下がり）。雨が降るとその上に黒いゴムのオーバーシューズを履き、足はますます大きく見えた。教室では毛羽立った灰色のウールの室内履きを履いていた。

私は見栄を張って一年中同じ薄い白の女の子っぽい靴を履いていたけど、体の重みで靴底はだいぶ傷んでいて水が染み込んできたし、爪先にもかかとにもストッキングの染料が付いた。

授業中に机の下でこっそり靴を脱いで足を乾かすと、靴の内側に青と黒の跡が見えた。その染みを見て私はぞっとし、気まずかった。染料が靴下からではなく私の体から染み出たみたいな気がしたのだ。

ある日の午前、雨があまりに強かったので、染料の混じった水が足から教室の床に垂れた。私のうしろに座っていたアガタが小声で「あんたの足、泣いてるよ」とささやいた。

ほかの誰にも聞こえないように小声で言ってくれたけど、私はそれでも顔が赤くなった。彼女は自分の片足を私の机の下でさっさとすばやく動かし、あっという間に小さな水たまりはなくなった。

アガタがこれを何度も、水たまりが出来るたびにやってくれて、やがて一日も終わりに近づくと私の靴下もそれなりに乾いてもう水は垂れなくなった。

学校が終わって下校する時間になり、アガタは大きな片手を私の腕に当てて耳許でささやいた。「うちへおいでよ、見せたいものがあるから」

私は怖くて仕方なかった。今日の授業が何時間か上乗せされたみたいな気がした。何を見せるつもりなんだろう？　算数の教科書か、家庭用の実験セットか？　私は恐ろしくて断れなかった。断ったら、私の「泣く足」のことをクラスのみんなにバラすんじゃないか。全員に聞こえる大声で「あんたの足泣いてるよ！」とどなるんじゃないか。

アガタと一緒に下校するのが恥ずかしいかどうか、自分でもよくわからなかった。彼女のオーバーシューズが立てるひどい音は嫌だったし、煙草の臭いも嫌だったけれど、本人はいとも気楽そうに、自信満々、村で誰とすれ違ってもさも見下した顔で歩いていた。指のない手袋をはめていて、カンバス地のナップサックにはぎっしり物が入っていて膝近くまで垂れ下がり、ボロボロの青いミリタリーコートの金ボタンはメッキが剥げかけていた。

アガタの一家は五階建てのビルの二階に住んでいた。家主はアガタに屋根裏を勉強部屋として使わせてくれていた。その代わりにアガタの父親が玄関広間と各階の廊下の掃除を請け負う。父親はすでに、花瓶作り専門の小さなガラス工場の事務員としてフルタイムで働いていたのだが。

母親はとにかく子供が大勢いるので廊下を掃除する時間なんかないのだとアガタは言った。私たちは屋根裏部屋へ向かう前、一家の住まいにちょっと寄っていった。そこらじゅう子供がいた。アガタがここでどんなふうに暮らしているのか、手がかりになるものは何もなかった。本は一冊もなく、歴史的建造物の安っぽいリトグラフや、浅黒い聖母と幼な子のイコンが、烏《カラス》の卵の表面に浮かぶ斑点みたいに壁に点在しているだけだった。アガタもきょうだいと寝室を共用させられるんだろうか。

母親は痩せていて禿げかけていた。妊娠している腹はひどく馬鹿げて見え、固茹での卵を私は思い浮かべた。固茹で卵は学校では誰も胸を張って食べはしない。臭いがひどいし、殻を剝くとプヨプヨ不気味に動くから。母親は安物の金属のネックレスと子供っぽい指輪もいくつかしていて、アガタのとそっくりのワンピースを着ていた。アガタから紹介されたとき、私はクスクス笑いをこらえた。

アガタは妹や弟の誰にも声をかけず、テーブルからロールパンを二つ摑んだ。

「少ししたらコーヒー持ってきて」彼女は母親に言い、私を引っぱって屋根裏まで上がっていった。

コートのポケットに入れた鍵でアガタはドアを開け、オーバーシューズと靴を脱いだ。そして廊下に敷いたボロボロのマットに置いてあった薄汚い室内履きを履いた。私も靴を脱いだが、屋根裏の床は汚れていて、剝げかけたリノリウム、カーペット、剝き出しの木が混在していて、その気色悪い交じりあいを見ていると、替える必要のある包帯と、その下の剝げかけたかさぶたが思い浮かんだ。

屋根裏の壁は地図や図表になかば覆われ、大きな周期表があり、世界地図があった。そこらじゅうに本があって、望遠鏡、ガラス瓶、顕微鏡があった。緑の金属机と、ボロボロの油っぽく汚れた肱掛け椅子。茶色い水と煙草の吸殻が一杯に入ったガラスの花瓶。靴下、紙類、ティーカップ、鼠捕り——うちひとつは金属のバーの下に平たくつぶれた乾いた鼠。それまで私は、アガタが几帳面で清潔だと思い込んでいた。

部屋の真ん中に、何か大きな、不格好な形の物があって、ウールの毛布が掛かっていた。部屋の隅には頭のない仕立て屋のマネキンがあって、カンバス地の胴に字がびっしり書いてあったが、ぐじゃぐじゃに汚れていて読めなかった。アガタはコートを脱いでマネキンに掛けた。そして煙草に火を点け、ロールパンの片方を食べはじめた。もう一方を私に投げてくれた。石みたいに硬いパンだった。私はもぐもぐ噛んだが、ふだんはもっといいものに慣れていた。両親は食料雑貨商をやっていて、食べるのは私にとって楽しみだったのだ。アガタにとって食べることはうっとうしい雑用らしかった。まったくどうでもよさげにロールパンを齧《かじ》る様子からして、生のジャガイモか髄骨《ずいこつ》だったとしても気づかないんじゃないか。

パンを食べ終え、煙草も喫い終えると、アガタは大きな骨ばった両手をすり合わせ、部屋の真ん中にある物体からさっと毛布を外した。

巨大な黒い昆虫。それはミシンだった。古い、悪意ある、黒と金色のミシンで、下にペダルが付いた台に据えてあり、その錬鉄はストーブや排水口にかぶせた格子に似ていた。私は呆然とした。アガタは何か自分が作った、精妙でかつおぞましいものを見せる気なのか？　彼女はミシンが得意だということは家庭科の授業で知っている。授業時間が終わる前に課題を仕上げてしまうと、先生は私たちに、先生の旦那さんの靴下、シャツ、ズボン、下着を繕《つくろ》わせた。これを嫌がらないのはアガタだけだった。ミシンでどんな布を扱おうと彼女にはどうでもいいことだったのであり、私たちみんなとは違ってわざとゆっくり縫うなんていうことは彼女の人格に反していたのだ。だからアガタは何の熱意もなくただひたすら迅速にペダルを踏み、教師の夫の平べったい分身を動かしていく。煙草の染みの付いた指先の黄色い丸みが、たいていは不潔な生地の上を、ワルツを踊るごとくに進んでいって、生地は肉やスープやフルーツの香りの酒みたいな臭いがし、大人の男の体からにじみ出るあの玉ネギとマッシュルームのフライみたいに臭った。あの臭いを嗅ぐと、男なんて誰も欲しがらない食べ残しを入れた袋と変わらないように思えてくる。家庭科の先生はいつも不機嫌そうな顔をしていて口の周りにひげがあった。何人かの生徒が言うには、先生には旦那さんなんてほんとはいなくて、こういう縫い立ての品を持って帰って残飯やジャガイモを中に詰めて実物大に膨らまして一緒にベッドに入って寝て、縫い目が破れるまでキスしまくって、そうやって大げさに破れて染みの付いたやつを学校に持ってくるのだ——うちの夫はあまりに大きくてあまりに偉くてあまりに汚くてあまりに男らしいからあたし一人じゃ対応しきれないのよ、みたいな誇らしい気持ちで。

アガタのミシンを見て、私の想像力は急速に回転しはじめた。

アガタは一度はいたら二度と脱げないストッキングを縫って私にはかせるのだ。ストッキングは私の両脚を呑み込み、自らおぞましい息を吐き出しながら三次元的に、風船みたいに、アガタの意思が命じるとおりに膨らんでいくだろう。理科の授業で小さなヒキガエルを熟練の手付きで冷静に解剖したときと同じように、アガタは私を切り刻み、また縫い戻す。

「母さんの古いミシン。でもそれだけじゃない」アガタは言った。

私は近寄って見てみた。

糸巻を載せるはずのところに大きな広口瓶があって、本体から排出された透明な卵という感じにミシンの上に載っている。瓶の中に筒形の電球が入っていて、古い写真のようなセピア色だった。てっぺんから茶色い電線が一本出ていて、糸みたいにレバーや調速器につながっていて、その先は普通なら針があるところに置かれた浅い木の箱の中に消えている。と思ったら箱の側面の穴から電線はふたたび現われ、電話から外した黒い受話器に行きついていた。箱の側面には色あせた字が書いてある。**葉巻**。

アガタは肱掛け椅子を押していき、ミシンの前に座った。そしてペダルを踏みはじめた。大きなはずみ車が映画のリールみたいに回り出した。広口瓶が動き出した。

「電気消して」アガタは言った。ドアのそばにあったスイッチを私は切った。広口瓶が中から光を発した。泡のような光がひょこひょこ揺れながら部屋の向こうまで行って戻ってきて、またもう一度出てきたが、今度は光の中に何かの姿があった――まだ形は定まっていなくて、ところどころが影より黒い。全体がだんだん、ちらちら光りながら変化していって、ピエロになった。ピエロは踊りながら部屋を横切っていった。白い顔は唇と眉だけ黒く、あまりの美しさに私は顔が赤くなった。私たちがこんな汚い屋根裏部屋にいるところをこのピエロに見られるんだと思って、そして一日学校にいたせいで私たちの息も腋の下も臭くなっているんだと思って赤くなったのだ。ピエロの服は白く波打って膨らみ、大きな黒いボタンが付いていて、足は小さく尖っていた。私はアガタの椅子に寄りかかって、ピエロが私たちの周りを何度も何度も回るのを眺めた。

ピエロというのが何なのか私は知っていた。私の両親の店に磁器製のピエロの胸像があったからだ。胸像は薔薇色の頬をしていて、胸に**ピエロ**という言葉が書いてあった。肩にいくつも穴が空いていてキャンディを挿《さ》すようになっていた。キャンディはあまり売れなかった。黒い頭蓋帽《スカルキャップ》をかぶった見慣れない外国人の店主を子供たちは怖がったのだ。店に置けばエレガントな雰囲気が加わると思って、私の父親はそのピエロを骨董屋で買ったのだった。元はどんなキャンディが挿さっていたのか見当もつかない。おぞましい異国風のフレーバー――蟹、甘草《カンゾウ》、山羊、蛸――がピエロの両肩から立ちのぼるさまを私たちは想像した。砂糖がいろいろ奇怪な形に紡がれていた。

アガタは「ピエロ」という言葉を知らなかった。教えてあげると見るからに感謝していた。

自分の屋根裏部屋にいるハンサムでロマンチックな人物には、「道化師《クラウン》」よりずっとふさわしいと思ったのだ。

アガタは私に受話器を渡した。何も聞こえなかった。むしろ何かに聞かれているみたいな気がした。プラスチックのうしろに、震える肉があるみたいな感じだった。もうピエロは見えず、今度は白い羽の生えた男が現われた。ストライプの水夫服を着ていて、ズボンも水夫風に太かった。髪は金色で、油でうしろに撫でつけられ、唇は赤い。口紅を塗ったみたいにすごく赤かった。

「この人、見たことない。いままでピエロしか見たことなかった。こういうことがあるから、ほかの誰かに試してみてもらいたかったんだよ」。アガタが手を突き出して私から受話器を受け取り、耳に押し当てると、またピエロが現われた。爪先旋回《ピルエット》をピエロはやって、私たちに投げキスを送ってよこした。

アガタがペダルを踏むのをやめると、私は動かなくなった広口瓶を見てみた。幻灯機や教室で見せられるガラスのスライドみたいに絵が貼り付けてあったりはしない。もしあったら私はがっかりしただろう。羽のある男は、私が描いたか生じさせたかしたんだと思えたのだ。

アガタがまたペダルを踏みはじめる間もなく、ドアをノックする音がした。静かな、緊張しているみたいなノックだった。アガタは椅子から立ち上がりもせず、ドアを開けて電気を点けるよう私に合図した。

アガタの母親が、チコリで作った偽コーヒーと、口の中に入れたとたんに溶けてしまうバニラウエハースを持ってきてくれた。アガタは煙草を一本喫い、それから、また明かりを消すよう私に言った。

私はずいぶん遅い時間に家に帰った。アガタと一緒に勉強していたと聞いて両親は喜んだ。彼女の知能は村じゅうで知られていたからだ。次の日の朝私は、アガタがまたうちへ呼んでくれますようにと心から願った。願いは叶った。私といるのが楽しいからか、「天使」男をまた見たいだけか、よくわからなかったけれどどっちでもよかった。私は放課後毎日行った。アガタは私が座れるようにと家から椅子を借りてきてくれた。それは幼児用の椅子で、脚はずんぐり短く、座る部分には犬と花のカラフルな絵が描いてあった。アガタは絶対私にペダルを踏ませてくれなかった。

毎晩、家に帰るころにはお腹がぺこぺこだった。テーブルの上に残された、布の掛かった夕食は生ぬるかった。

学校から帰ってすぐおやつを食べることに私は慣れていたので、アガタと私が食べるものを親の店からくすねてくるのが習慣になった。ヘイゼルナッツのウエハース、キャラメル味の砂糖菓子、アイシングをまぶしたジンジャークッキー、ドライソーセージ、瓶入りのラズベリーシロップ（水に混ぜて飲んだ）、チョコレートでくるんだプラムの砂糖漬け、そしてアガタの要求に応えて、箱にロミオとジュリエットの絵が描いてある、カリブ海の国から輸入した高級ブランド煙草。
私がものを盗《と》っていることに父は気がついていた。私が勉強していることは（この点について父をだますのは訳なかった）喜んでいるものの、そんな贅沢を許す余裕はないので、持っていくなら余分な在庫を置いた部屋から持っていけと言った。そこには瓶入りの濃い茶色のプラムジャムやイワシの缶詰がどっさりあった。煙草以外は、アガタにとっては何だって同じようなものだった。私たちはプラムジャムを瓶からじかにスプーンで食べた。私はイワシが嫌いだったけれどアガタは食べた。銀色の皮を剝いて、骨はぺっと吐き出した。

両親と私はお店の上の階に暮らしていた。他人と壁を分けあわずに済んでいたので、アガタの住む建物に私は興味津々だった。私の両親が貴重な種や香料をしまっている、小さな引出しが何十とあるキャビネットを私は思い浮かべた。天使もピエロも建物のどこかに住んでいるんだ、という妄想に私は取り憑かれた。彼らの映像がパイプを通って、水漏れみたいに屋根裏の壁からにじみ出てくるのだ、と。そうアガタに打ちあけると、あんたは馬鹿だと言われたが、建物の住人全員を彼女から紹介してもらうまで私は機械に集中できなかった。どの家のドアも、がっかりさせられる引出しだった。中にあるのは、細かいべたべたのかけらと、干からびたシナモンスティックだけ。わずかの望みを抱いて次の引出しを開けるものの、やっぱり何もない。結局、屋根裏部屋以外、建物中どの部屋からも私の夢は失せてしまった。葉巻の箱の中も見せてほしい、とアガタに頼み込んだ。私には何の意味もなかった。電線や歯車が絡まっているだけで、ごく小さなピエロと天使が檻の中の美しい白いハツカネズミみたいに閉じ込められていたりはしない。

動く映像は私たちから出ている。あるいは私たちにつながっている。そのへんはアガタもよくわかっていなかった。自分の心にある像を映し出すために機械を作ったわけだけれど、このピエロをそれまでに見ていたり想像していたりしたわけではないのだ。私にとっても天使はまるっきり初めてだった。

一度都会に住む叔母の家へ遊びに行って、ガラスの箱に入った占い師のいる古いゲームセンターに連れていってもらったことがあった。カラフルなターバンを巻いて宝石を一杯着けた占い師は蠟で出来ていて、口も物言わぬ蠟だった。ガラスの下にある投入口にコインを入れると、入れた人間の未来が書かれた小さなカードを占い師は送り出す。あなたは結婚して子供が一人できるでしょう、と私のカードには書いてあった。アガタの機械も、私たちの未来について何かを言っていたにちがいない。未来以外のどこから、あの像が来ているというのか？

私は頭の中で美しい、馬鹿げたシナリオを作った。私は天使と、アガタはピエロと結婚している。天使と私は小さな白い犬を飼っている。何時間もかけて、天使が羽を濡らさずに体を洗う姿を私は想像し、私が羽を撫でてやり落ちた羽毛をひとつ残らず赤い漆塗りの箱にしまっている情景を想像した。

アガタのピエロがひそかに私に恋している、という夢まで見た。ピエロは何らかの意味でアガタによって囚われの身にされているのだ、と。実際、両親の店にあった胸像のせいで、ピエロは何となく元は私のものだった気がした。ピエロという言葉も私が知っていて、それを彼女にあげたのだし。

アガタも妄想を膨らませていることが私にはわかったけれど、たぶん彼女の妄想はもっと世界に関する知識に満ちていたと思う。咳をせずに煙草を喫うやり方や、外国語の読み方を知っているのと同じに、架空の結婚も私よりずっと緻密に作り上げるのだ。

アガタは時おり出し抜けに、「もう帰って」と言うことがあった。私が部屋を出たあとも光は動きつづけた。ドアの前に私は脚が痛くなるまで立っていて、下のすきまから見えたのだ。アガタが一人で像を見たかったのだということが私にはわかる。私は一度も文句を言わなかった。下手なことを言って、永久に機械の前から追放されるのが怖かったのだ。「帰って」とアガタが言う口調にはどこか、彼女の方が私より大人なんだと思わせるところがあった。とはいえ、私たちは双子のようにたがいに頼りあっていた。体によってではなく、夢によって私たちはつながっていた。天使は私が機械を耳につけているときの方がよく現われたし、ピエロは彼女がそうしたときの方がよく現われたのだから。機械が、私たちの秘密が、私たちを結びつけていた。アガタが勉強なんかしていないことを、私は言おうと思えば彼女の両親や私たちのクラスメートに言えたし、私が勉強していないことを彼女だって私の両親に言えた。でも言わなかった。

友だち同士、というのとはちょっと違う。アガタが息をする音、洟《はな》をすする音が私にはうっとうしかったし（彼女はいつも洟を垂らしていた）、アガタもアガタで私が歯をシーシーしたり大きな音でおならをしたりするとよくどなりつけた。私たちの体は機械を楽しむ上では邪魔物だった。私は父親にレコードプレーヤーを貸してくれと頼んだ。折り畳んでスーツケースみたいになるプレーヤーを父は持っていたのだ。音楽は場の雰囲気を大いに高めてくれた。私たちの愛しい友らが、物も言わず息もしない身なのではなく、単に私たちと同じく音楽に声をかき消されているだけなんだという気にさせてくれたのだ。

屋根裏部屋の壁紙は、全体が灰色がかったピンク色で、緑のシダが小鬼《ゴブリン》の耳みたいに丸まった模様をしていて、そんな色のせいで、天使とピエロは皮膚病を患っているように見えた。私ははじめはただ魅了されていてこうした細かい点に気づかなかったけれど、どんどん食べる量が増えて膨らんでいくお腹みたいに機械からより多くを求めるようになると、そういうところまで目につくようになった。

　壁を白く塗ったらどうか、と私は提案したがアガタは認めなかった。機械から何日も離れてしまうことになるし、本にペンキが付くのが嫌だし、片付けるのも嫌だ、と。そこで私は、壁に沿って白いコラージュを組み立てた。素材は白いリネンのテーブルクロス、母親の大きな白いブラウス、タイプ用紙数枚、お店から持ってきた砂糖や小麦の布袋、本から破り取った白いページ、私が自分で白く塗ってきた板切れ。白いガラクタなら何でも活用したのだ。アガタも賛成してくれた。白を背景にすると天使とピエロはより純粋に、より十全に見えた。

　私は自分の歯を全部抜いて壁に糊で貼りつける夢を見た。アガタの歯も私は抜いたけど現実と同じで汚れていて曲がっていた。それらは抜いたとたんにぐんぐん大きくなってやがて象牙並みの太さと長さになった。洗っていない洗濯物みたいな臭《にお》いがして、小さな黒い虫歯の穴が一杯空いていた。

　あるとき、私たちが何か大事なことをやっているのを嗅ぎ取ったか、ラージ・バーバラが家までついて来ようとしたことがあった。私たちは走った。背後でラージ・バーバラの杖が街路の石を打ってかたかた鳴った。それはてっぺんに人形の頭が付いた、ラージ・バーバラの汗ばんだ手で汚され歪められた何ともおぞましい杖だった。彼女はギャアギャアわめきまくり、その不規則な音は小さな旅回りの動物園の動物たちが出しているみたいで、杖はさしずめ大きな檻の格子を叩く嘴《くちばし》か鉤爪《かぎづめ》という感じだった。彼女は私たちに追いつけなかった。

屋根裏まで上がると、私たちはこの一件を話題にしなかったけれど、口にするにはあまりにおぞましい思いが部屋には漂っていた。あのどうしようもない、阿呆のラージ・バーバラが機械に耳を当てたら何が見えるだろう？　たとえばもし、青緑色《ターコイズ》のズボンをはいて黄色い肩帯を掛けた美しい王子様が見えたなら、機械は未来にも現実にも基盤を持たず、ただ単に私たちの欲望の反映だということになってしまうだろう。


ミスター・マグノリアが初めて現われたのが何月何日だったかは覚えていない。もはやすべての日が溶けあって、琥珀《こはく》色のシロップと化し、アガタの機械の振動音の下でゆっくりと固まっていったのだ。

ミスター・マグノリアが初めて現われたとき、アガタが受話器を当てていたことは覚えている。

汚れたボウルにへばりついた垢みたいに髪の薄い輪が残っている以外は禿げている人で、ごく月並な口ひげは学校でシラミ探しに使う小さなプラスチックの櫛みたいな形だった。いかにも誰かの父親という感じの老人で、冴えない、形も合っていない鼠色の背広を着ていた。

部屋を横切っていきながら、ミスター・マグノリアはあざ笑うような顔で舌を突き出し、自分の股間を掴んだ。口は音なしの笑いに開いていた。

私たちは二人ともギョッとしたが、アガタはペダルを踏むのをやめなかった。

次はピエロが何事もなかったかのようにまた現われ、それから私の天使が、次はピエロが、そして奇妙な老人がまた現われた。訳のわからない順番だ。

嫌悪に包まれ、魅入られたかのようにアガタはペダルを踏みつづけた。

「ミスター・マグノリア」アガタはささやき、それからこう言い足した。「この人が出てくると同時に私、名前が思い浮かんだの。この人たちきっと同じ場所から来てるんだよ、おたがい仲間同士なんだよ」

「どうかなあ、でもその言葉どこかで聞いたことある、うん、この人そういう名前だよね」

アガタはその言葉を七巻本の辞書で調べた。七冊が屋根裏じゅうに散らばっていて、L-Mの巻を見つけるのにしばらく時間がかかった。MAGNOLIAとは花だと知って私たちは驚いた。大きなピンクか白の花だという。辞書には絵がなかったしそれ以上の情報もなかったので、どれだけおぞましい花かは想像するしかなかった。私たちは花屋に行ってみた。

「マグノリア、ありますか?」ひょっとして卑猥な言葉なんじゃないかと不安だったので私はつっかえてしまった。

「マグノリアは木に咲くのよ、そんなもの売れやしないわよ。綺麗な紫のアスター、ケシ、カーネーション、バラならあるわよ。馬鹿な女の子たち、マグノリアは木に咲くのよ！」と店のオーナーは言った。恰幅のいい、髪を染めている、化粧の濃すぎる女性で、ワンピースの上に染みだらけの濡れたエプロンを着けていた。

馬鹿と言われてアガタの顔が赤くなった。アガタが赤くなるのを見たのは初めてだった。

「ほら、写真見せてあげる」。オーナーは店の奥に入っていって、大きな湿っぽい本を持って戻ってきた。

「白いのも、ピンクのもあるのよ。女の子たち、木に咲く外国の花なのよ！」オーナーは笑った。その花はデザートみたいに見えた。

「アホな役立たずの辞書。そういうこと書いてなくちゃいけないのに」帰り道アガタはぶつぶつ言った。二人ともミスター・マグノリアをいま見てきた花の像と較べてみたくて、急いでアガタの家に戻った。でも美しい大きな花と、醜くて野暮ったいミスター・マグノリアには何の共通点もなかった。ミスター・マグノリアは私たちに向けてしかめっ面をしてみせ、ズボンの脚を引っぱった。

「ミスター・マグノリアって、きっと外国から来たんだよ。それがつながりだよ。ひょっとして何か大事なメッセージを持ってるのかも」屋根裏に戻ってきたときにアガタは言ったのだった。

ミスター・マグノリアのあらゆる姿勢、しぐさ、顔の表情を私たちは記録し、解読に努めたが、実のところそれはピエロか天使を見るまでの時間つぶしでしかなかった。ピエロか天使が出てきたら私たちはただ茫然と見とれていた。どんな音楽がかかっていてもミスター・マグノリアが出てくると音楽は馬鹿馬鹿しいものに変わってしまった。私たちは二度とその曲をかけられなくなった。ミスター・マグノリアが現われつづけるなか、どんどん多くの曲が駄目になっていった。私は父親のコレクションからもっとレコードを借りてきた。交響曲、バレエ音楽、オペラ、民謡。もう要らなくなったレコードはぞんざいに扱い、部屋の向こう側に放り投げた。盤にひびが入り、忘れられた。

時おりアガタが、「ミスター・マグノリアにはもうほんとにうんざりよ」とか「糞喰らえだよ、あんたもあんたのミスター・マグノリアも」などと唇をねじ曲げ、私の方に顔を向けて言った。

ミスター・マグノリアのことで私を責めるのはフェアじゃない。初めて現われたのはアガタが受話器を耳につけていたときなのだ。アガタの頭の中から、蛆虫《うじむし》みたいに這い出てきたのだ。私たち二人の未来へ踊って入ってこようと、悪魔のように待ち構えていたのか？

私は体重が減った。煙草の臭いがした。勉強も遅れた。先生たちが手紙を書いたので、私の両親にも知られてしまった。アガタはそんなことはなかった。アガタもやっぱりもう宿題を出さなかったけれど、彼女が間違ったことをするはずがないと先生たちは信じていたんだと思う。出しさえすればクラス一だと固く信じていたから、わざわざ出す必要はないというわけだ。もう授業中に発言もせず、むすっとした顔で腕組みをして座り、片足を机の下で上下に、見えないペダルを踏むみたいに動かしていた。

私たちは二人とも食欲をなくし、お腹がぎゅっと縮んで、咲いていない花みたいに丸まっている気がした。摂取するのは煙草と、ミルクなしの紅茶と、スプーンですくうプラムジャムだけ。ジャムには歯車の回転を円滑にする油脂みたいな茶色い艶があった。

ある晩、疲れて目は霞み、指もべたべたで家に帰ると、もうアガタの家に行ってはいけないと両親に言われた。一家にあんなに大勢子供がいるなんて恥さらしよ、男の子も女の子も一緒にひとつの大きなベッドで寝てるそうじゃないの、と母は言った。次の日、母は学校まで私を迎えに来て、その次の日も同じで、朝も送り届けるようになった。アガタの機械から離れて初めての夜、私は眠れなかった。

「どうだった?」教室で席についたとたんアガタに訊いた。

「べつに。いつもと同じ。ミスター・マグノリアが五十回出てきて、ピエロが二十回」

「あたしの天使は?」

「一度も。あんたがいるときしか出てこないんだよ」

そう聞くとホッとして、希望も湧いてきた。天使は私がいなくて寂しかっただろうか？　私がいないと出てくる価値がないと思ったのか？

とはいえ、次の日には天使がアガタ一人のために出てくるんじゃないかと気が気でなかった。毎朝私は彼女に訊き、答えはいつも同じだった。四日後、アガタは「出てきた。あたしに投げキス送ってよこした」と言った。

「出てきやしないよ。冗談だよ」私の顔が絶望をさらけ出すのを見てアガタは鼻を鳴らした。

一週間経つと、私は訊くのをやめたが、アガタは相変わらず報告した。私は無関心を装い、それで本当に無関心になってきた。

私は気持ちも落着いてきて、頭もはっきりしてきた。本も読めて、宿題もやれた。食欲が戻ってきて、食べ物に関する私のわがままを両親は何でも聞いてくれた。

何週間かが過ぎて、もういまならアガタの機械を見ても前みたいに烈しい気持ちにならずに済む気がしてきた。

ミスター・マグノリアを見るかと思うとそれさえ嬉しかったが、まずは何と言っても、私がふたたび現われたことで、天使とピエロの表情がどう変わるかを見たかった。もちろん両親は許してくれないから、暗くなったあとにこっそり出ていくしかない。アガタはきっと夜どおし機械を動かしていると私は信じて疑わず、そのとおりだった。天使とピエロのふるまいは前と変わらなかった。私はがっかりした。二人が壁から飛び降りてきて抱きしめてくれるものと私は思い込んでいたのだ。アガタがペダルを踏みつづけるよう、私にできるのは受話器を頭皮に押しつけつづけることだけだった。このあいだ来たときのプラムジャムの瓶がそのまま残っていて、蓋をきちんと閉めなかったせいでジャムはねばねばになっていた。私たちは指で瓶から食べ、交代で使っているうちに受話器までべたべたになった。

「もっと速く！　もっと速く動かして！」私は金切り声を上げ、ミスター・マグノリアは出てくるときと同じくそそくさと消えていった。像は完全に出来上がっていなかったし、頭は妙につぶれていてグラグラ揺れた。

天使が出てきたとき私はろくに集中しなかった。とにかく二度目を早く見たかった。「さあ、もう一度！」彼がランタンの中に引き戻されるとともに私はわめいた。いつもの小さな椅子を蹴ってどかし、アガタの膝の上に座って両足をアガタの足の上に載せ、圧力をつけ足した。私の足の方がずっと小さくて、彼女がペダルを踏む速さは少しも増さなかったが、アガタは空いている方の腕を私の腰に巻きつけて私を抱きとめ、受話器が私たち二人のあいだを継ぎ目なく往復した。天使とピエロはより力強くなり、動きはより派手になった。天使はミスター・マグノリアがやる股間を摑む卑猥なしぐさを真似し、私はものすごくゾクゾクしたせいで父が廊下でどなっている声が初めは聞こえなかった。乱暴に捕まえられてやっと父の声が耳に入り、父は私を力ずくで連れ去り、そのときようやく、脚も腕も寝間着もジャムでべたべたになっていることに私は気づいて、その色があまりに濃いので血だと言っても通りそうだった。たぶん父はそう思ったんじゃないか。

家に帰ると、母は私を風呂に入れ、恥さらしだと何度も何度も言い、一方私はうめき声を上げげた。奇妙な、深い、それまで立てたことのない音だった。次の日私は学校を休んだ。その学校には二度と行かなかった。恐ろしい幻影に私は苦しめられた。アガタの唇、ミスター・マグノリアの股間、ジャムの瓶。ジャムの中にはミシンのかけらが隠れていて、私はそれで喉を詰まらせた。金属と甘草の味がした。私は足をバタバタさせ、金切り声を上げ、ゲロを吐き、何か月も部屋に閉じ込められていた。

ベッドから出られるようになると、都会に住む叔母の家に私は送り出された。両親は店を売って何か月かあとに合流した。そのころにはもう、叔母が送っている都会の刺激的な暮らしに私はすっかり馴染んでいて、私たちの村は、私の子供時代全体が、思い出すのも気恥ずかしいぼんやりした靄と化していた。

叔母は私をレストラン、本屋、デパート、市場、映画館に連れていってくれた。叔母は大学の先生で、一人暮らしだけれど男友だちはたくさんいた。そのうちの一人、リオポルドのことが私は好きになった。私よりずっと年上の人だ。頬にラズベリー色のあざがあって、すごく小さな丸眼鏡をかけていた。中学高校に通っているあいだずっと連絡を絶やさず、大学に上がった時点で結婚した。私たちの息子は父親の巨大な鼻を受け継ぎ、時にそれはリオポルドの気を滅入らせたが（彼にとって自分の鼻は、昔の恋人のように辛く苦々しい思い出が一杯だったのだ）私は好きだった。二人の鼻どちらも、羽をピンク色に塗ったカラスを思い起こさせた。

私は文書館の仕事に就いて、カタログや新聞でよくアガタの名前を探したが、何の痕跡も見つからなかった。おおかた外国に移って、名前ももっと通りのいいものに変えたのかもしれない。ひとたび外に出たら、この国に戻ってくるのは困難だ。私はアガタの両親を気の毒に思った。彼女を育てるのにあれほど頑張ったのに、たぶん何の見返りも得られなかったのだ。

私にもまだ少し苦しみは残っていた。いかなる種類の器械にも私は耐えられなかった。リオポルドがあるとき、劇場の形をした、踊っている紙のピエロが中に入っているオルゴールをくれた。私はすごく不安な気分になって、浴室に駆け込んで吐いた。息子のゆりかごの上にモビールを吊しても、子供部屋の壁に影が投げられるのに耐えられなかった。

職場のマイクロフィルム・リーダーも大嫌いだったので極力避け、タイプライターも最小限、つねに言葉少なに使った。手書きでラベルやリストを作る方が好きだったから、同僚に文句を言われないよう手書きの文字はきちんと読み易く保つよう努めた。一番好きなのは古い手書き原稿相手の仕事だった。動物の革に書いた、扱うのに白い手袋をはめないといけないくらい古い原稿が最高だった。

衣服があのおぞましい黒い仕掛けを使って作られるさまを考えるのも耐えられなかった。「手織り」「手編み」と記された高価な品に私は惹かれた。「手」という言葉を私は愛し、その温かな柔らかい意味合いを好ましく思った。私はいつも、ぽっちゃりしたピンク色の、私の息子と同じような子供の手を思い浮かべた。手はどこまでも不透明で、針金みたいな血管が浮かんで見えたりはしない。

ぐるぐる回るもの、チカチカ光るもの、バリバリ鳴るもの、カチャカチャ、ガチガチ音を立てるものはすべて嫌だった。時には悪い夢を見た。口がハサミ、翼が金属製のファン、目は電話の受話器の獣が出てきて、金属のハサミと嵌《は》め歯《ば》歯車で私に触ろうとした。

私がよく撮れている写真は一枚もない。カメラを向けられると目が泳いで体が震えるのだ。食べるのはいまでも大きな楽しみだが、魚とジャムは例外だ。魚はなぜか自然ではなく機械仕掛けに思えてしまう。たぶん銀色の肌のせいだろう。よく見る夢に、アガタが長いスプーンで私の体の肉をすくい出し、銀のサテンで作った魚の肌の中に詰めて、継ぎ目を機械に縫いつけるというのがあった。残った私の体は偽のイワシの山でしかなく、サテンは中に隠れている私の肉のせいでじとっと湿り、骸骨が私の髪をかつらにして着けていた。

リオポルドは私の誕生日にはいつも、燻製にした腿、酢漬けの舌など、刻んだり挽いたり潰したりしていない、元の形と似ているグルメ肉を買ってくれた。

四十代に入ってから、病気が重くて都会まで来られない別の叔母を見舞いに私は故郷の村へ戻っていった。ふとアガタの母親も訪ねてみようかと思い、かつて自分が彼女の部分禿げや棒みたいな手足を残酷に笑ったことを思い出した。たぶん私の両親も彼女に向かってきつい言葉を言ったと思う。私は彼女に、あなたに恨みはない、あなたのせいじゃない、と伝えたかった。花を持っていこうと思った。

かつての花屋を探したが、もうなくなっていた。新しい大きな食料雑貨店に花を売るセクションがあった。私はアガタの母親に陽気なオレンジ色の花束を買った。

建物の二階の窓のカーテンは日にさらされて色褪せ、同じく色褪せた小物が並んでいた。あたかも劣化していく銀板写真が、皺が寄って消滅していくなかで建物の内なる生を道連れにし、残ったのは何もない石壁、誰も住まない廃墟でしかないみたいだった。

誰か住んでいる人間がいるというだけで驚きだった。ドアを開けたのはアガタの母親だった。ボロボロの灰色と黒の生地で出来たターバンを頭に巻いていた。たぶん中は完全に禿げているのだろう。私の記憶していた以上に痩せていて、体は一本のあばら骨みたいに折れ曲がっていた。家の中には一人の子供もいなかった。もうみんな大人になったのだ。代わりに老人が一人、ストーブのそばの椅子に背を丸くして座り、よちよち歩きの赤ん坊と同じぐしょっと濡れたような匂いを発していた。子供たちの何人が村を去って、何人が国を去り二度と戻ってこられなくなったんだろう。

「上の階にどうぞ」アガタの母親はそうささやきながら花をテーブルの上に置いた。アガタの父親が花の匂いの出どころはどこかと鼻孔を膨らまし、この人は目が見えないのだと私は悟った。

「ガラスのせいよ。ガラスで目をやられたの」アガタの母親が言って、脚を引きひき部屋を出た。私はあとについて階段をのぼって行った。いろんな香りがはっきり混ざりあっていた。キャベツ、靴墨、鼠、煙草、古い台所のパイプ、クルミ、燻製のハム。まるで階段全体がアコーディオンで、一段一段が鍵盤みたいだった。といっても音ではなくたっぷり芳香を解き放つ鍵盤。そのゼイゼイ喘ぐ恐ろしい仕掛けに囚われてしまう気がして私はためらったが、哀れな母親がずんずんのぼっていくので、仕方なくついて行った。一番強いのは生温かい、蠟みたいな匂いだった。それが大きな深い波となって押し寄せ、ほかの匂いをみんな流し去った。何千本もの獣脂蠟燭が燃えている部屋に向かってのぼっているような気がした。

この時点ではもう、ドアの下から漏れてくるバター色の光に私は気がついていた。何を見ることになるのかわかったし、耳もチカチカという音を捉えていた。

彼女は同じ肱掛け椅子に座っていた。ものすごく太っていて、かつては飛び出していた目が、顔の肉に深く埋もれて、下の青紫のたるみの中で溺れているように見えた。体はでこぼこであちこちすり切れ、毛糸を詰め込みすぎた人形みたいだった。動物から引きちぎった不潔な毛、と私は思った。茶色い髪は短く切られ、油でべたべただった。何層ものフケが髪の生えぎわに貼りつき、ランタンの光を浴びて、木造家屋の廃墟に散らばったガラスの破片みたいにキラキラ光っていた。真ん中に禿げた一点があった。スプーンで叩いた茹で卵みたいにひびが入っているが、まだしっかり残っている汚れた天窓。

「あんたがいなくなってから天使、戻ってきてないよ。あんたのこと待ってるんだよ」と彼女は私と母親を半分しか見ずに言い、母親が「しばらくしたらコーヒー持ってきますからね」とささやいて出ていった。

壁に作った私の白いコラージュは黄ばんでいた。新しい紙の切れ端——大半はトイレットペーパーだ——やリボン、それと冷蔵庫の扉がつけ加えられていた。フリルで飾った汚れたウェディングドレスみたいだ。何度もこれを着た花嫁がきちんと保存せず、結婚式の日の汗と甘さが自らの灰色の複製に覆われ、一日のしみが何度も生き直されていた。私はこの屋根裏部屋を、花嫁の腋の下の窪みとして、肉体が生地にもっとも烈しく跡を残す場所として思い描いた——

見るも哀れな、湿った、物言わぬ心の口。

私のかつての椅子はひどく小さくて、腰は痛み、受話器は油で汚れていたが、その背後にあの奇妙な肉が、私を聞いているあの神秘な耳があるのを私は感じた。羽のある私の男がふたたび現われ、同じ人目を惹く太いウールのズボンをはいていて、同じ口紅をつけていて、そして私は思った――この人は陽気な無関心を装っている、私がいなかったせいで黄ばんでくたびれている、と。

# 野良のミルク
Wild Milk

# 名簿
The Roster

# あなたがわたしの母親ですか？
Are You My Mother?

サブリナ・オラ・マーク
Sabrina Orah Mark

岸本佐知子 訳

サブリナ・オラ・マーク
Sabrina Orah Mark

アメリカの詩人、作家。ニューヨーク・ブルックリンで育ち、コロンビア大学、ジョージア大学などで学ぶ。詩集に*The Babies* (2004)、*Tsim Tsum* (2009) がある。2018年、短篇集*Wild Milk*を刊行、Georgia Author of the Yearを受賞。2023年に、*The Paris Review*誌で連載したコラムを元にした*Happily*を刊行予定。「野良のミルク」「名簿」「あなたがわたしの母親ですか？」は*Wild Milk*に収録されている。

## 野良のミルク

ライブ・オーク保育園の一日め、子どもたちは全員シャベルと土の入った小さい袋を持たされる。「当園では子どもたちが――赤ちゃんにも、いえ赤ちゃんならなおのこと――うんと創造力を働かせるように指導しているんです」わたしの息子の先生のミス・バーディがそう言ってウインクする。先生はシャベルと土を持ったわたしのちっちゃな息子を床のまん中にすわらせる。まだ一歳にもなっていない。わたしはまわりを見る。赤んぼたちはみんな楽しそうだ。こんなに楽しそうな赤んぼは見たことがないくらい。シャベルをかじって。土をそこらじゅうにばらまいて。バーディ先生がわたしをハグする。わたしは息子に向かって手を振るけれど、息子はこっちを見ない。「さ、もう行って」バーディ先生は言う。「お子さんはわたしたちの手でしっかり預かりますからね」そう言って先生は自分の両手を見せる。その手はなぜかわたしの手に似ている。

三時間後、わたしは息子をお迎えに行く。息子はうちのではない明るいオレンジ色のポンチョを着ている。わたしに向かってはいはいしてくるかれは、まるでサーチライトだ。

「あなたのお子さんって」バーディ先生が言う、「本当に天才ね」。わたしは恥じらう。「ありがとうございます。わたしたちも、この子はすごく特別なんじゃないかと思ってるんです」ポンチョのことを訊ねたいが、バーディ先生はなおも言う。「というか、あなたのお子さんはマナ・マナね」バーディ先生は言う。「いえそうじゃなくて、つまりあなたのお子さんは本物の男ね《リアル・マン》」バーディ先生は自分の舌をそっとつまみ、白くて長い毛を一本ひっぱりだす。「ああ、これでよくなった」先生は言う。「つまりね、マってこと」先生はぷっと小さくつばを吐く。「じゃなくて、誰でもない《ノー・ワン》ってこと。あなたのお子さんって」バーディ先生は言う、「本当に誰でもないわね。いえいえ待って、それもちがう」バーディ先生はぶあついコットンのスカートを手でなでおろす。ピンク色で、小さい赤いさくらんぼがたくさんついている。「要するに、わたしがいちばん言いたいのはね」バーディ先生が言う、「死んでいないって最高だと思うの」。「わたしもです」とわたしは言う。「ああ、よかった!」バーディ先生は言う。「はい、これおたくの哺乳瓶。あなたのお子さん、自分のミルクぜんぶ飲んじゃったあとも、もっと、もっと、もっとって、ずうっと泣いて」

廊下で、わたしは娘まみれのお母さんと出会う。全部で五人。わたしは身分証明書を提示するように、おくるみにくるんだ息子を持ちあげる。国境を通してもらうのに必要な通行手形かなにかみたいに。「娘は無し？」彼女が訊く。「娘は一人も」。「でもどうして？」彼女が訊く。なんだか責めるような口調だが、それは誤解というものだ。「届いたときには」とわたしは説明する、「ぜんぶ傷《いた》んでたの」。「腐ってたっていうこと？」彼女が言う。「腐ってたわけではないんだけれど、ものすごく大きくて」わたしは彼女に息子を渡して両手を広げる。どれくらい大きかったか示すために。そしてまた息子を受け取る。「すごく大きかったの」わたしはもう一度言う。「それになんだか粒々してて。だから箱ごと返しちゃった。箱いっぱいの娘を、ぜんぶ。もちろん育てられれば立派だったんでしょうけど、とても名前をつけられそうになくて」お母さんはうなずく。まだ納得しかねている様子だったけれど、よくわからないうちに娘たちが彼女をがつがつ持ちあげ、運んでいってしまう。

母親をやっていて何が変だといって、とにかくしょっちゅう邪魔が入ることだ。何かが起こっている最中にまたべつの何かが起こって、という具合に。何ひとつしっかりつかまえておくことができない。

次の日、バーディ先生は野菜をむく。赤んぼたちの目はそれに釘づけだ。わたしはお迎えにすこし早めに着くが、うちの子が見あたらない。バーディ先生はチキンスープ色の子どもを指さして言う。「おたくの?」「ぜんぜんちがいます」わたしは言う。先生は次から次へ子どもを指さしていく。まるでわたしがクロークの札をなくしたみたいに。うちの子がいない。だんだん息ができなくなり、急に体が凍りついたみたいに冷たくなる。足元の床ががばっと開いてまっさかさまに落ちていく寸前、うちの子が幌《ほろ》つきゆりかごの下からはい出てくる。手に小さな本をにぎっている。表紙に茶色の地味なねずみが描いてある。かれが本を持ちあげる。「ねずみ」そう言う。ちゃんとした言葉をしゃべるのはそれがはじめてだ。「ぼくのねずみ」そう言う。わたしはびっくりする。ほっとする。完璧な発音だ。わたしは息子を抱っこしたくなる。ごほうびにキスしたくなる。抱っこして、もう二度と離したくない。でもバーディ先生がわたしを止める。「ノンノン」先生はそう言って、息子にむかってやさしく人さし指を振る。「それはあなたのねずみじゃないわよ。それはね、誰のねずみでもないの」それから声を低くして、「そのねずみはね——」バーディ先生は咳ばらいをする。「そのねずみはね」彼女は言う、「この世界でひとりぼっちなの。そしてほとんど……」バーディ先生は言葉を切る。「あれ何かしら」「何が何ですって?」わたしは言う。「あの音よ」バーディ先生は言う。「さあ、わかりません」わたしは言う。「どんな音でした？」「音みたいな音がする音よ」バーディ先生は言う。「いかにも音！って感じの音。まあいいわ。何の話だったかしら」「ねずみです」「ああ、あのねずみね！　あなた、お知り合い？」「いいえ」とわたしは言う。「まあ、もしもああいう……」「わたしも知らないのよね」バーディ先生が言う。「つまりわたしが言いたいのはね。このねずみは……」バーディ先生はいつのまにか息子のほうを見ている。「このねずみはこの世界でひとりぼっちで、ほとんど……」バーディ先生はすうっとひとつらなりの長い息をきれいに吸いこむ。「存在すらしていないの」先生は高らかにそう言い放つ。「このねずみはあなたに似ていなくもないわね」あいかわらずうちの子を見たまま先生は言う。「わたしが暗闇の中で呼ぶと、このねずみは来るかしら？　いいえ、ねずみは来ない。じゃあ、あなたは？　今のところ、一度も来たことはないわね」わたしの子はバーディ先生の口の中に手を丸ごと入れ、何日にも思えるくらい長いこと、そのままにしている。

月曜日、バーディ先生の明るいピンクのブラウスは興奮で波うっている。「あなたのお子さん、きょう自分の名前をひとりで書いたのよ！」先生はわたしに画用紙をわたす。わたしの子ではないほかの誰かの手で〈ずたずた〉と書いてある。わたしは紙を返す。「これ、うちの子の名前じゃありません」「あら」とバーディ先生は言う。紙を見る先生の顔がくしゃくしゃになる。「ごめんなさい」バーディ先生は言う。「どうしてこんなことが起こってしまったのかわからないわ」「わたしだって、どんなこともどうして起こるのかわかりません」わたしは言う。わたしたちは手を取りあう。「わたし、とてもさびしいの」バーディ先生が言う。「わたしもとてもさびしいです」わたしも言う。「あなたはわたしの隠れ家だと思っていたのに」バーディ先生は言う。わたしは彼女の頭蓋骨を思い描く。「わたしだって、先生がそうかと思ってました」と言う。バーディ先生は黄色いスカーフを頭に巻く。「わたしの頭蓋骨を思い描くのはやめて」バーディ先生は言う。見るからに動揺している。くちびるがひび割れて、すこし血がにじみかけている。先生は画用紙を見て、ひと文字ひと文字を親指でなぞる。「もしおたくの子の名前じゃないなら、いったい誰の名前なのかしら」彼女はほかの赤んぼたちを一人ひとりさがす。それからわたしの体を身体検査するみたいに手でぽんぽんはたく。彼女の手がわたしの腿にふれる。いまにも雪が降りだしそうに冷たい手だ。

次の日、バーディ先生からメッセージが来る。「お子さんにミルクをあげられません。あなたが持ってきたミルクが野良だからです。もっといいミルクを持ってきてください」

わたしはライブ・オークに飛んでいく。わたしにはもっといいミルクなんてない。わたしにあるミルクはこれだけだ。わたしは自分の胸を右、左と指さす。バーディ先生はわたしの赤んぼを抱っこしている。赤んぼはお腹をすかせてふるえている。バーディ先生は雪が降っている。しんしんと。わたしは先生に近づこうとするが、強い風が吹き荒れていて、大粒の白い雪片の向こうを見とおせない。「わたしにあるミルクはこれだけなの」わたしは吹雪のむこうのバーディ先生と息子に向かってそう叫ぶ。両腕をいっぱいに差しのべながら。「さあ、ママのところにいらっしゃい」わたしは叫ぶ。かれの名を呼ぶ。でも口から出たそれは、思っていたよりずっとちっぽけで平べったく聞こえる。あの子のもとにたどりつけない。バーディ先生はブリザードで、もう冬じゅうやまないかもしれない。「ごめんなさい」わたしは叫ぶ。わたしの子どもはバーディ先生の手の中にいて、そして彼女は吹雪《ふぶ》いている。ぜんぶわたしがわるいんだ。あの子を置いていくべきじゃなかったんだ。ごめんなさいごめんなさいごめんなさい。わたしは雪になぐりかかる。春まで待つしかないとわかっていながら、自然に歯むかう。娘まみれのお母さんがやって来て、わたしの横にひざをつく。娘は十五に増えている。「さ、のぼって」とお母さんが言う。「ごめんなさい」わたしは言う。「わたしにはこのミルクしかないの」「うんうん、そうよね」お母さんは言う。「場所、ある?」わたしは言う。「首のあたりなら」お母さんが言う。わたしはよじ登り、ゆるくぶら下がる。娘まみれのお母さんはあたたかく、わたしは疲れはてている。「お眠りなさい」お母さんは言う。「去るべきときが来たら起こしてあげるから」でもお母さんはけっしてわたしを起こさない。この話が本当だということが、これであなたにもわかるはず。

# 名簿

シャドー・カレッジの仕事を、わたしは引き受けるべきではなかった。だがわたしは若かった。馬鹿だった。オファーを受けたとき、わたしは大きな大学の非常勤講師として文学と詩を教えていた。給料は低く、常勤の教師たちからはさげすまれ、英文科の事務員はあるときから大学の便箋をくれなくなった。学生はいなくなり、わたしの部屋の椅子も消えた。わたしの評価は、良くてゼロだった。ある准教授は、ときおり郵便室でわたしに中指を立てた。どんな人でも愛する創作科の学科長でさえ、わたしを愛することはできなかった。

だからわたしはそのオファーを受けた。

シャドーは小さな私立の大学だった。すぐ近くに森があり、町にはいい書店があると聞かされていた。授業の負担もごく少ないという。給料は四倍だった。将来的にはテニュアが約束され、サバティカルと医療制度も（歯医者まで）利用できることになっていた〔※テニュアは大学の教師が定年なしで在職する権利、サバティカルは大学の業務を免除されて研究に専念できる期間〕。わたしは喜んだ。もう何年もひどい歯痛に悩まされていたのだ。学生は、先方によれば〝規準外〟で、わたしはそれを若くないという意味だととらえた。若くないのはいい、とわたしは思った。若くなければないほどいい。

最初の学期にわたしが任されたのは一クラスだけで、学部長いわく、これはわたしが〝方向性を見定める〟ための時間をじゅうぶん持てるように、との配慮からだった。学部長は蝶ネクタイの埃を手ではらい、わたしの腕に触れた。「われわれとしては」そう彼は言った。「あなたの創作活動が棺桶のために妨げられるようなことは望みませんからね」「それは」とわたしは言った。「授業、ということですか?」「そうです」学部長は言った。「ですからそう言ったんです。授業のために、と」彼は顔を赤らめた。「われわれがあなたの軟膏の中のハエになるようなことがあってはなりませんからね」彼はわたしに教室のある方向を示し、小さく背中を押した。「われわれのことは、あなたの軟膏の中の軟膏だと思っていただきたい」と彼は言った。「いやむしろ」学部長はさらに言った、「この大学はハエたたきのようなものだと思っていただきたい。軟膏につぐ軟膏だと」。この学部長は、自分が慣用表現をエスカレートさせせすぎてい

ると は微塵《みじん》も思っていないようだった。生まれてこのかた、わたしがこれほどまでに誰かを尊敬したことはなかった。

わたしは何年かぶりで、自分の中に理想が燃えるのを感じた。そしてその気分のまま教室に入っていった。学生たちはすでに着席していた。すでに各自ノートの上にうつむいていた。これはすばらしく美味なケーキの一切れになりそうだ、とわたしは思った。それまでの経験から言えば、学生たちが出席しているというだけで奇跡だった。わたしは自己紹介をし、シラバスを配った。これは上級者向けの創作ワークショップなので、授業がうまくいくかどうかはひとえにあなたたち自身にかかっています、そうわたしは強調した。わたしはただその場にいて、あなたたちを旅のもっとも美しく恐ろしい地点まで案内してそこに置き去りにするだけです、そうわたしは約束した。それから学生たちに、端から順番に自己紹介をするように言った。

一番手はエミリーだった。エミリーは顔の前にノートを広げて持っていた。目だけがのぞいていた。声はほとんど聞き取れなかった。神と句読点について何か言っているのだけがわかった。まるでダッシュ（――）がずっと喉にひっかかっているみたいな話しぶりだった。だが途中で彼女の小さな白い手からノートがすべり落ちると、非常にはっきりと熱のこもった口調で自分の主《マスター》について語りだしたので、わたしはほっとした。それがたぶん彼女のミューズなのだろう。いいことだ、とわたしは思った。この学生には熱意がある。次はブルーノだった。彼は自己紹介をするかわりに席を立ち、教室のスイッチのところまで行って電気を点けたり消したりしはじめた。「ブルーノ」わたしは言った、「座ってちょうだい」。彼は座った。体つきは貧相だった。言葉はポーランド語だった。彼はゆっくりと固ゆで卵をむき、その様子にわたしは、彼が屋根裏と父親と鳥について書いていることを心の深い部分で悟った。ウォルターがその次だった。彼は小太りで悲しげだった。ブルーノの肩に腕をまわし、親切にも通訳を買って出た。たしかに重荷ではあるが、これは必要な責務だ、そう言った。残念ながら自分は長くはいられない。来週きっと戻ってくる。彼は両手をよじり合わせた。彼はあやまった。じつは原稿の入ったブリーフケースを失くしてしまったのだ。そのことで気が気ではない。自分のところに戻ってくるといいのだが。「永遠に」、そう付け加えた。彼は収集家が、とか天使が、などとつぶやきながら教室から小走りに出ていった。サミュエルは続けられなかった。「でも続けなければ」とわたしは言った、「順番なんだから」。サミュエルは続けなければならないことは理解した。だが続けられなかった。次はガートルードだった。彼女が永遠の現在を生きていることを、髪形が物語っていた。彼女はすべて命令形で話し、話しながらノートに小さな箱をいくつも描いた。ほかの誰とも似ていないのに、ふしぎとみんなとなじんで見えた。そして最後がフランツだった。じつはけさ目を覚ましたらこの教室にいたのだ、と彼は告白した。どうやってここに来たのかまるでわからないらしかった。彼は見るからにうろたえていた。この教室にはリンゴを持ってこないでほしい、と彼は訴えた。リンゴが怖くて仕方がないのだ。

この学生たちに、わたしは初めて会った気がしなかった。いやそんな言葉ではとても足りない。彼ら一人ひとりから立ちのぼる古い本の匂いが一つに合わさり、教室に小さな騒乱の渦としか言いようのないものを巻きおこしていた。彼らは〝下線が引かれている〟ように見えた。もし長く凝視されすぎた人間の顔というものがこの世にあるなら、彼らの顔がまさにそれだった。

わたしは彼らを愛した。狂おしいまでに愛した。彼らと週に一度しか会えないということがたちまちわたしには耐えられなくなった。彼らのことがいっときも頭から離れなかった。教室では、彼らはわたしの存在にほとんど気づいてもいなかった。「ウォルター」とエミリーが言う。「馬を大文字にするようブルーノに言ってほしいんだけれど」「馬ってどの？」ウォルターが言う。「木の玩具みたいに小さくなる馬よ」「それを言うならさ」ガートルードががなる。「あたしの足の絵を描くのをやめろってブルーノに言ってくんない」「おい、よせよ」ウォルターが釘をさした。互いに優しく、同時に互いに辛辣でもある彼らをわたしは愛した。わたしは何度も話しかけようとしたが、口の中に石が詰まってしゃべれなかった。彼らはわたしがそこにいないかのように話しつづけた。「ねえ」あるときフランツがエミリーにそうささやくのが聞こえた。「サミュエルはいったい何を待っているんだろう」サミュエルは、いまにも誰かが自分を迎えに来るとでもいうように、窓の外ばかり見ていた。「おいフランツ」サミュエルが言った。「聞こえてるぞ」彼らは何分間かとっくみあいの喧嘩をした後、とつぜん世にも奇妙な大笑いを笑い、わたしはそれを無上の喜びとともに聞いた。「ねえエミリー」ガートルードが男子たちを無視して言った。「あんた、その詩ぜんぶ散文詩に変えてみるってのはどう？」「ぜったいに無理」エミリーは言った。

彼らが何ごとか熱心に議論しながら英文科の廊下を移動しているのを見つけて「ハイ、みんな」とわたしは言う。けれども彼らにはわたしが見えていない。聞こえてもいない。わたしは熱病のように彼らに恋こがれた。眠れなくなり、食べられなくなり、体を洗わなくなった。ときおり授業中に床の真ん中に寝て、彼らが自分の上に折り重なってくれるのを待った。窒息させてくれるのを待った。わたしは彼らが着る外套になりたかった。首に巻くマフラーになりたかった。

わたしは彼らを家まで尾《つ》けるようになった。一人また一人と。あるときはサミュエルの部屋の窓に唇を押しあて、すこしぶれてぼやけた口紅の跡を残した。ガートルードの庭の木に自分の名前を彫ったこともあった。エミリーが出したゴミをあさった。ブルーノの家のポーチに箱入りのマカロンを置き、中に〈永遠にあなたのもの〉というメモを添えた。フランツのために列車の時刻表を集め、郵便受けに押しこんだ。ついにブリーフケースを見つけられなかったウォルターのために、新しいのを一ダース買った――給料三か月ぶんもする、高価な革製のブリーフケース。わたしはそれを彼の玄関前に置き、ドアをノックし、走って逃げた。

執着にまつわる物語の多くがそうであるように、わたしのこれもスキャンダルや殺人や人生の破滅には至らなかった。まだ学期も途中のある日、わたしは荷物をまとめてバスに乗り、実家に戻った。もうにっちもさっちも行かなくなり、後ろ向きにじりじり下がる以外に打つ手はなかった。もと来た道を逆戻り。ここからさっさとずらかって。また振り出しに戻る。わたしの知るかぎり、わたしがいなくなったことに気づいた人は誰もいなかった。わたしの不在が、いったいどんな痕跡を残せたというのだろう。そもそもの最初からわたしは用済みだった。わたしがブルーノに座るように言い、ブルーノが本当に座ってくれたあのすばらしい一度をのぞいて、学生たちがわたしの口から出た言葉を一つでも聞いてくれたことがあっただろうか？

「でもほら、あのときも」母がわたしに言う、「あなたがサミュエルに続けないといけないと言って、でもサミュエルが続けられなかった、あのとき」。母はわたしを慰めてくれようとしているのだ。「そうね」とわたしは言う。「あれは本当に夢のようだった」

シャドー・カレッジで過ごした短い日々のあと、わたしは教師をやめた。いまは郵便局で働いている。明日は月食の記念切手の発売日だ。指で押すと、満月の形が浮かびあがるのだそうだ。冷えるとまた白い後光《ハロー》に囲まれた黒い円に戻る。

# あなたがわたしの母親ですか？

わたしの母親のフランシーン・プローズが電話をかけてきて、ちょっとしたまちがいがあった、たぶんわたしはあなたの母親ではなく誰かほかの人の母親だと思う、と言う。最初はおずおずと、しだいに熱弁をふるいつつ、彼女はえんえんとしゃべり続ける。何時間かすると、彼女はばらばらにほどけはじめる。「メアリのすばらしい髪」がどうのこうの、という部分だけがかろうじて理解できる。そのメアリをわたしは知らなくて、知っていればよかったのにと思う。わたしは自分のマニキュアを爪でほじる。色は〈ラッキー・ラッキー・ラベンダー〉。「お母さん」わたしは言う。「だめ」彼女が言う。「フランと呼びなさい」彼女は言う。そして電話は切れる。

わたしはうちの掃除婦のヒラリー・クリントンに電話をかける。彼女はわたしが誰だかわかっていないようだが、つい三日前にうちのキッチンを掃除してくれたばかりだ。ガス台なんか、まだピカピカしている。「あなたがわたしの母親ですか？」とわたしは言う。沈黙。わたしはもう一度たずねる。「ヒラリー・クリントンさん？」「はい」彼女は言う。「あなたがわたしの母親？」またしても沈黙。わたしはヒラリー・クリントンのつれなさに気落ちして窓の外に目をやる。これからは自分の家は自分で掃除しよう、そう決意する。何日にも感じられるほど長い沈黙のあと、ヒラリー・クリントンがわたしに、あなたの怖いものは何かと訊ねる。わたしは彼女が興味をもってくれたことにうれしくなる。そして即座に答える。「ネズミ、古いジョウロ、政治情勢、ビビッドな色、フック、木曜日、怪我をしたもの、シェップ、宗教音楽、それから……」「シェップって誰？」ヒラリー・クリントンが言う。「わたしの祖父です」わたしは言う。沈黙。さらに重苦しい沈黙。わたしは自分の居間を見まわす。ソファや椅子の布地がぜんぶすり切れている。「ヒラリー・クリントンさん？」「はい？」「わたしの家のソファや椅子の布地、ぜんぶすり切れてるんです」沈黙。電話なんかしなければよかった。どう考えてもヒラリー・クリントンはわたしの母親ではない。この人にはわたしも、わたしのソファや椅子の布地も、わたしの無意識下の恐怖も、どうだっていいのだ。もし彼女がわたしの部屋に入ってきて、ふとんを上からたくしこんでおやすみのキスをしてくれたって、わたしはぷいと顔をそむけてやる。

わたしはジョリー・グレアムに手紙を書く。フランシーン・プローズがわたしの母親ではなく、うちの掃除婦のヒラリー・クリントンもわたしの母親ではないとなると、ジョリー・グレアムがわたしの母親である可能性が大だからだ。フランシーン・プローズとヒラリー・クリントンとのいきさつについて、わたしのソファや椅子の布地について、そしてわたしの夢や希望のすべてについて、美しい文章で縷々《るる》つづった手紙だ。

二週間後、ジョリー・グレアムから返事が届く。「おそらく水のやりすぎでしょうね。うちの鉢植えもたまにそうなります。どうしてこう物事ってうまくいかないのかしら」。手紙のいちばん最後に、うんと小さな字でこう書いてある。「わたしがあなたの母親かって、わたしはジョリー・グレアムですよ。あなたの母親であるはずがありません。ダイアナ・ロスには訊いてみた？」

じつをいうと、ダイアナ・ロスにはもう訊いていた。

フランシーン・プローズがわたしの母親ではなく、ヒラリー・クリントンがわたしの母親ではなく、ジョリー・グレアムがわたしの母親ではなく、ダイアナ・ロスもわたしの母親ではないとなると、ひょっとしたらジョン・ベリマンがわたしの母親なのかもしれない。わたしはジョン・ベリマンの家に行き、ドアをノックする。彼はすでに故人だが、それでもドアを開ける。サーモン色のセーターを着ている。「あなたがわたしの母親ですか?」わたしは言う。「わたしはきみの母親ではない」ジョン・ベリマンは言う。彼はドアをさらに大きく開く。「だがきみの母親になれるかもしれない」中にはわたしの祖父のシェップもいる。おそろいのサーモン色のセーターを着ている。わたしは家の中に入る。ワッフルとレバーのにおいがする。「おれのセーターにさわれ!」シェップがわめく。彼のセーターにはさわりたくない。「さわれ!」彼がどなる。わたしは片手をのばし、目をつぶってセーターにさわる。夢のような柔らかさだ。「まるで神様のようだろうが!」彼が吠える。「ジョン・ベリマンのセーターにもさわれ!」ジョン・ベリマンが恥じらいつつ、わたしにものすごく近づく。わたしは急いでジョン・ベリマンのセーターにさわる。シェップのセーターと同じくらい、ことによるとそれよりもっと柔らかい。「誰がこのセーターをくれたと思う?」「誰なの?」わたしは訊く。「お前の母親だ」とシェップは言う。「フランシーン・プローズ?」わたしは訊く。「フランシーン・プローズはお前の母親ではない」シェップは言う。「じゃあ誰よ?」わたしは訊く。「お前の母親だ!」シェップは叫ぶ。わたしはジョン・ベリマンのほうを見る。「ジョン・ベリマン?」わたしは訊く。シェップが笑う。「ジョン・ベリマンはお前の母親ではない」「だがわたしはきみの母親になれる」ジョン・ベリマンが続けて言う。シェップがちょっと待ってろと言い残してべつの部屋に消え、もう一枚サーモン色のセーターを持って戻ってくる。「お前の母親がこれをお前にと置いていったのだ」シェップが言う。「着てみろ」わたしは着てみる。とても美しい。あまりの美しさにジョン・ベリマンが泣きだす。わたしはジョン・ベリマンの肩を抱き、わたしたちは一枚の巨大なサーモン色のセーターのようになる。「泣かないで」わたしは言う。「よし《ゼア》、よし《ゼア》」そう言う。「え?」ジョン・ベリマンが言う。「よし、よし」わたしはもう一度言う。彼は鼻をすすり、いぶかしげにわたしを見る。「これは慣用句よ」わたしは言う。「大丈夫、という意味ね」「だがすこしも大丈夫ではない」ジョン・ベリマンが言う。「これからもっと悪くなっていくだろう」「悪いなんてもんじゃない」シェップも言う。「どれくらい?」わたしは訊く。「べらぼうにだ」シェップが言う。「べらぼうに悪くなるだろう」ジョン・ベリマンも言う。「わたしの母親はそれを知っているの?」わたしは訊く。「もちろんお前の母親は知っている」シェップが言う。「じゃあ、彼女が良くしてくれる?」わたしは訊く。「お前の母親は良くはしないだろう」シェップが言う。「ためしにちょっとやってみてもくれないの?」わたしは訊く。「くれないな」シェップは言う。「じゃあ、ジョン・ベリマンは良くできる?」もはやわたしは必死だ。「彼にも良くすることはできまい」シェップが言う。「彼はお前のニセの母親にすぎないからな」「どうしてわたしの母親は良くしてくれないの?」わたしは訊く。シェップがジョン・ベリマンを見る。ジョン・ベリマンもシェップを見る。「サーモン色のセーターだけじゃ足りんのか？」シェップが言う。怒っているよりも、がっかりしたような顔だ。とても美しいセーターだ。柔らかであたたかくて、おそらくとても高価だ。「それで足りないということなら」とシェップが言う。「返してもらおう」わたしは大胆な、悲しい、反抗的な気分になり、セーターを脱いでシェップに返す。ジョン・ベリマンがまた泣きだす。彼はいい母親ではないのだ。わたしは彼の肩を抱く。サーモン色のセーターがないと、自分がひどくちっぽけになった気がする。それに寒い。わたしはふるえる。ジョン・ベリマンのサーモン色のセーターの中にもぐりこむと、そこはあたたかい。彼はいまや激しくしゃくり上げている。まるで海の中にいて、波が打ち寄せているかのよう。わたしは目を閉じる。

# 競訳余話
Part 3

## 現実の丁寧な描写が支えている

**柴田**　カミラ・グルドーヴァの*The Doll's Alphabet*（2017）とサブリナ・オラ・マークの*Wild Milk*（2018）は出版社にも注目です。*The Doll's Alphabet*を出したFitzcarraldo Editionsはイギリスの出版社で、小説とエッセイ専門で、装丁が二種類しかない。小説はすべて青地に白文字のデザインで、エッセイ集は青と白が逆転して、すべて白地に青文字のデザイン。このあたりに出版社の姿勢というか、中身で勝負しますという毅然としたものが感じられて、格好いいなと思います。

**岸本**　じつはちょうど今そのレーベルのものを一つ読んでいます。Claire-Louise Bennettの*Pond*という本で、田舎の一軒家で孤独に暮らす女性の頭の中を延々とつづっているんですが、ニコルソン・ベイカーが書いた『ウォールデン』みたいで面白いです。

**柴田**　僕も持ってますがそういう本だったか（笑）。*Wild Milk*の方はDorothy, a publishing projectという変な名前の出版社で、出しているものも変わったのが多い。

**岸本**　ラインナップ中かろうじてレオノーラ・キャリントンだけは知ってました。

**柴田**　シュルレアリスム画家のキャリントンですね。あと僕がこの出版社で知ってたのは、Barbara Comynsの*Who Was Changed and Who Was Dead*。一九五〇年代に書かれた辛辣なブラックユーモア小説で、これまたブライアン・エヴンソンが解説を書いているので読んでいたんですけど。

**岸本**　今回私が訳したサブリナ・オラ・マークは、この*Wild Milk*という作品を本にしたくて原稿をあちこち持っていったんだけど、内容が変すぎてどう売っていいかわからないと言われて全部断られた中で、このDorothy, a publishing projectが拾ってくれたとインタビューで言っていました。フィクションの概念を変えるものだけを出す、という理念のある出版社らしくて。私はこの出版社が出しているJen Georgeという人の*The Babysitter at Rest*という本を、ミランダ・ジュライが褒めていたので読んでみたんですけど、何が何やらさっぱりわからなくてギブアップしました（笑）。すごくとんがった出版社ですよね。

**柴田**　雑な話ですけど、これからの世の中インディーズが大事だと思うので、インディーズ優先で行きたいと思っています。だからこういう出版社のものを紹介できるのは嬉しいですね。

今回僕が訳した「アガタの機械」を書いたカミラ・グルドーヴァは、かなりデイジー・ジョンソンと通じるものがあって、動物になる話や物になる話が多い。

**岸本**　ミシンになる話がありましたね。

**柴田**　人間と人間でないものの境界が薄れたり無くなったりする話ということで、さっき岸本さんがおっしゃった現実八割、幻想二割の方なんですけど、大事なのはその現実八割の方の匂い、手触り、温度とかいったものが読んだ後に残るかどうか。

**岸本**　でも、この人はかなり幻想成分高めですね。

**柴田**　確かに。

**岸本**　私、この人大好きです！　今回、ほんとうはこういうものを探そうと思っていたんです。しかもまさにこの本が家にあったのに完全に見落としていました（笑）。

**柴田**　この「アガタの機械」に描かれている不思議なミシンですけど、思い浮かべるのはエミール・レイノーとかエジソンなんかの、映画以前のなんとかスコープみたいなもの。全然ハイテクじゃない、ほとんど十九世紀的な感じがします。

**岸本**　でも、受話器を耳にあてたらその人の頭の中のものが出てくるわけですよね。だからすごくハイテクでもあると思ったんですけど。

**柴田**　そう言われてみれば確かにそうか。まあとにかく僕も、岸本さんがこの場面があるから訳したいというのに近いかもしれない。この小説の場合、ピエロや天使が出てくるというイメージももちろん面白いんだけど、それを活かしているのは、コーヒーを持ってきてくれるお母さんの圧倒的なリアルさとかです。何十年かぶりに訪ねていって、アガタはもう変わり果てた姿になってるのに、お母さんが何も変わってないみたいに「しばらくしたらコーヒー持ってきますからね」と言うとか、そういう部分。

**岸本**　私はスティーヴン・ミルハウザーを初めて読んだときに「この人、どうしてアメリカ人なの？」って驚いたんですけど、この人も「え、ヨーロッパの人じゃないの？」と意外でした。

**柴田**　いまはエジンバラに住んでいますが、出身はトロントのようです。

**岸本**　グルドーヴァという名前は東欧っぽいですよね。小説の舞台はどことははっきり書いていないですけど、私は東欧のどこかをイメージしながら読んでいました。

**柴田**　この村の感じとかは確かにそうですね。アメリカの小説で「村」が出てくると、見えない都会との距離で測られるというか、その村自体で完結していなくて、あるべきものがない、欠落が基本になっている場所という感じがするんだけど、イギリスやヨーロッパの小説を読むと、一つの共同体として独自のロジックがある場所という感じがする。そういう意味で、ここで出てくる村はヨーロッパ風の閉じた場所という気がします。

**岸本**　この人はまだこの一冊しか本がないんですよね。

**柴田**　ないですね。グルドーヴァは生年不詳ですけど、写真や映像を見るとまだ三十代、ひょっとすると二十代かも。

**岸本**　Tumblrをやっているみたいで、彼女のアカウントを見てみるとヨーロピアン色がすごくて、上げている写真や絵画も百年くらい前のヨーロッパのものばかりでした。そこにこの短篇集には収録されていない短い話も載っていて、最初の方を読んでみたら、道に小さな内臓がちょっとずつ落ちていて、それを拾い集めていったらいいことがあるかな、というような変な話で（笑）。「アガタの機械」もガジェット趣味だけれど、結構エロチックというか、これはほとんどセックスだろうみたいな場面もありますよね。アガタがガーッとミシンを踏んでいて、その上に語り手の女の子が座って、エクスタシーを感じているみたいになる、あのシーン。

**柴田**　ガジェット趣味というとミルハウザーが思い浮かびますけど、確かにミルハウザーだったらもうちょっと観念的になるだろうなと思いますね。でも、ミルハウザーが日本に来て取材を受けたときに彼が言っていたのが、自分の小説は幻想的なアイデアが面白いと言われるけど、それを支えているのは現実の丁寧な描写なんだ、ということ。この「アガタの機械」でも、自分の靴がボロくて、雨が降ると靴の裏から教室の床に水がポタポタたれて恥ずかしくて、でもその水を後ろの席のアガタが足でさーっと散らしてくれるとか、そういう細部が支えているんだなと思います。

顰蹙を買うのを覚悟で乱暴な一般論を言うと、日本の短篇小説はそういうところが薄いことが多い気がします。もっとストレートに物語を語るところにエネルギーを注ぎ込むから、いいものはいいんだけど、いまひとつなものはあらすじを読んでいるような気になる。逆に英語圏、特にアメリカの小説は細部を丁寧に書き込んではいるんだけど、それだけにもう細部はいいんだけどな、みたいに思うことはある。もちろん例外はいくらでも挙げられるでしょうけど。

**岸本**　体力の差もあったりするんですかね。

**柴田**　それはあると思います。小説を書くときに、前提としてまずは書き込まなきゃいけない、ここまでやらなきゃいけない、というのが英語圏にはあって、それが上手くいけば豊かなディテールになり、失敗すると読んでいてつき合いきれないってことになる。そういう意味で言うと、次の*Wild Milk*はそういうものが思いっきり省いてあるタイプですね。

## 言葉の暴走を止めない強さ

**岸本**　サブリナ・オラ・マークの*Wild Milk*はまさに柴田さんがおっしゃるとおりの本で、だからほんとに半分くらいしか何が書いてあるかわからない、みたいなところがあります。

**柴田**　もちろん面白いという前提で言っているんですけど、今回この人が一番評価が分かれそうですね。さっき言った、二〇〇〇年ぐらいからエイミー・ベンダーやケリー・リンクがどんどん幻想的なことを書くようになって、それが十年ぐらい経つと、単に奇想幻想だけじゃ困るんだけどな、と読者側が思うようになってきた。で、この人、そう思わせる作品と似てるんだけど、何かが違うんだよね。

**岸本**　なんとなく、この作家はこれまで話してきたような幻想VS現実という軸では切れないような気がしていて、しいて言うなら言葉チャレンジャーでしょうか。言っていることは半分くらいしかわからないけど、全体としてなんとなく伝わるみたいな感じ。その体への入ってきかたが詩にちょっと似ていて。実際、この人は詩人なんです。もともと詩を書いていて、だんだん小説の方に移ってきた。

**柴田**　*Wild Milk*の奥付を見ると、何本かの短篇は詩のアンソロジーに入っていたり、そういう本の中で紹介されていたりするみたいですね。

**岸本**　彼女のインタビューを読むと、詩と小説をそんなに区別していないみたいなんです。書き方として、たとえば「カタツムリ」という言葉を考えたら、その周りにたくさん言葉を集めていって、集めているうちに世界が出来上がる、それを自分は書きたいんだ、と。書くときに一番大事にしているのは〝恐れ〟だと言っていて、「え？　この言葉はどうして出てきたの？」という怖さが自分を動かすエンジンなんだそうです。そういう意味でも、言葉を使って何か新しい領域に入っていこうとしている人なのかなと思います。

今回訳した一本、「野良のミルク」は、現実に起きた出来事を元にして書いているそうなんです。猛吹雪で子どもを乗せたスクールバスが立ち往生して、子どもがその中に閉じ込められてしまった、ということが実際にあったらしくて。その現実を核にして、不思議なイメージが団子状にふくらんでいく。でもそれは幻想というよりは、言葉なんですよね。上手く言えないんですけど。

**柴田**　「野良のミルク」は保育園の先生との会話で話が進んでいきますけど、先生の最初の一言は普通で、二言目がちょっと変で「あれ？」と思い、三言目でいよいよこれはおかしいぞとなり、次はもうありえないというふうになっていく。その現実らしさがだんだん横滑りしていく感じそのものがポイントだという気がしました。

**岸本**　子どものことを最初は「天才《ジーニアス》」と言って、次に「マナ・マナだ」と言って、次に「誰でもない《ノー・ワン》」と言って、となっていくのは、もう純粋に言葉の転がりとしか言いようがない。そういう言葉の転がりをイメージにしてフィクションとして差し出す人、ということなのかなと思うんですけど。

**柴田**　そうですね。だから、こういう人は何本かまとめて読んだ方がわかりやすいかなと思い、最初に岸本さんからは「野良のミルク」と「名簿」の二本を出していただきましたけど、もう一本くらいどうですかということで「あなたがわたしの母親ですか？」も訳していただくことになりました。「あなたがわたしの母親ですか？」はすごく有名な絵本が元になっているみたいで。

**岸本**　『あなたがぼくのおかあさん？』（P・D・イーストマン、木原悦子訳、鈴木出版）ですね。柴田さんはご存知でしたか？　私は調べているうちに知ったんですけど。

**柴田**　僕も全然知らなかったんですけど、もう何十年も読まれている絵本らしいですね。ひな鳥がいろんな木とか動物とかに「あなた、わたしの母親？」と訊いて回る話。それをこういうかたちで歪めている。デイジー・ジョンソンだったら、かろうじてフェミニズムという枠でくくれなくもないというか、ポリティカルな要素を読み込むことができなくもないものを書くのかもしれないけど、このサブリナ・オラ・マークはあんまりそういうふうに考えても仕方ない気がする。いいとか悪いとかは関係なく、そのあたりのことを考える上ですごく面白いなと思いました。

**岸本**　でも、何気なく選んだ三本なんですけど、どれも最後の締めはお母さんなんです。すべて母胎回帰みたいな話になっている。「野良のミルク」は全身娘まみれのお母さんがやって来て、自分もその娘になっちゃうみたいな終わり方だし、「名簿」も大学で行き詰まって、家に帰ってきてお母さんに慰めてもらうという話だし。

**柴田**　その極めつけが「あなたがわたしの母親ですか?」ですね。

**岸本**　そうですね。お母さんと言っても、ジョン・ベリマンは男なんですけど、そのセーターの中に入って、海の中で揺られているみたいな感じで終わっている。ちなみに、このサブリナ・オラ・マークという作家はユダヤ系で、自分のそういうアイデンティティをかなり意識しているみたいです。「名簿」の学生たちはカフカやガートルード・スタイン、ブルーノ・シュルツなどユダヤ系の作家たちを彷彿とさせるし、「あなたがわたしの母親ですか?」に名前が出てくるジョン・ベリマンもジョリー・グレアムもユダヤ系の詩人ですよね。そんなに単純に結びつけていいのかわからないですけど、ユダヤ系ってお母さん文化じゃないですか。

**柴田**　うんうん。

**岸本**　サブリナという名前はひいおばあさんの名前を受け継いでいるらしいんですけど、曾祖父母はウィーンに住んでいて、ひいおじいさんがナチスの収容所に入れられたときに、ひいおばあさんの夢の中にご先祖が出てきて、こういうふうにすればひいおじいさんを収容所から助け出すことができるというお告げがあって、その通りにして本当に助け出したんだそうです。

**柴田**　その話は僕もインタビューで読みました。

**岸本**　そのひいおばあさんは一家の長老みたいな存在で、だからサブリナという名前は重荷だと言ってましたけど、そういうルーツを常にどこかで意識しているのかもしれません。

**柴田**　なるほど。レニー・ブルースとか、あいう喋りまくるユダヤ人男性にもっとぶっ飛んだ妹がいるみたいな感じですかね。

言葉の話に戻ると、本の裏表紙には「ドナルド・バーセルミがポニーヘッドに出会う」と惹句があって、すいませんポニーヘッドはディズニー関連みたいで全然わからないんだけど(笑)、バーセルミはなるほどと思った。バーセルミも一九六〇年代のアメリカ、特にニューヨークなんかの巷で飛び交っている言葉を拾ってきて、それをシュールに結びつけて、話のような話でないようなものを作った。このサブリナ・オラ・マークも、今の世の中で目にするようなイメージ、かつてあったようなイメージを強引に結びつけて、話ならざる話みたいなのを作っている。そういう意味では確かにバーセルミと繋がるものがあると思うんだけど、バーセルミの方がもうちょっとクールというか、そういう言葉を空虚に使っている人たちに対する批評性があったと思うんです。でも、この人にはそういうものはない。バーセルミを読んでいると、全体を操っているバーセルミという頭のいい人がいるのを感じるんだけど、この人のものを読んでいてもそういう印象はない。それがむしろ強みで、言葉が勝手に暴走している感じがあって、そこが読んでいて一番面白いです。

**岸本**　そうですね。その暴走を止めない強さ、みたいなものがありますよね。

**柴田**　さすがに岸本さんが注目するだけのことはあると思いました（笑）。

# 最後の夜
Last Night

ローラ・ヴァン・デン・バーグ
Laura van den Berg

柴田元幸 訳

ローラ・ヴァン・デン・バーグ
Laura van den Berg

アメリカの作家。最初の短篇集*What the World Will Look Like When All the Water Leaves Us* (2009) と第二短篇集*The Isle of Youth* (2013) で二度、フランク・オコナー国際短篇賞の最終候補に。長篇に*Find Me* (2015)、*The Third Hotel* (2018) がある。邦訳に「わたしたちがいるべき場所」(古屋美登里訳、『モンスターズ：現代アメリカ傑作短篇集』所収、白水社)、「南極」(藤井光訳、『文學界』2014年9月号所収) がある。夫は作家のポール・ユーン。「最後の夜」は最新の短篇集*I Hold a Wolf by the Ears* (2020) に収録されている。

私が列車に轢かれて死んだ夜の話をしたい。

ただし——そんなことは起こらなかった。

何年も前の話だ。

ずいぶん長いあいだ、その夜のこと、私の最後の夜のことなど考えずにいたのに、ある日目が覚めると、それ以外何も考えられなくなった。

説明を試みる。私は長年、騒々しい人生を育もうと努めてきた。はてしなく続く建築工事をそこらじゅうでやっている都市の、下の階に酒場が入ったアパートに私は住んでいる。面接時間には何人もの学生に会う。学生たちの言葉が私の思考に取って代わる。私はそれに逆らわない。近所の女性クライシス・センターではボランティアをやっている。自分の人生に何が起きたか、女性たちが語るのに耳を傾ける。ところが最近、沈黙が忍び込むようになった。ひとつには、感謝祭の翌日に酒場が何の予告もなしに閉店し、あたり一帯が一気に静かになったのだ。

あの酒場が閉まったせいで、私の最後の夜が戻ってきたのだと思う。

私はそのとき十七歳で、十か月前から施設に入って、いろんな形の自殺未遂に対する治療を受けていた。そこに私を入れておくために両親は自宅を抵当に入れたのに、両親と電話で話すことに私が同意したのは最後の二か月だけだったし、それだってとにかく退屈だったからそうしたまでだった。私に生きてほしいと両親が思っていることに、私はそれほど怒っていたのだ。

この施設はフロリダ中央にぽつんとある山の中に建っていて、私はここに長く入れられすぎた。そうだとわかったのは、ようやく解放されたときにはもう、脛毛の剃り方さえ忘れてしまっていたからだ。口内洗浄剤の存在も忘れていたし（アルコール禁止だから）、デンタルフロスなんてものも忘れていた（首吊り防止）。海の音も私は忘れていた。ケーブルTVもインターネットも忘れていた。外の世界を私は忘れてしまっていた。

少し前から、患者仲間がみな、私に向かって喋るとき、危険で未知のミッションに出発しようとしている人間相手みたいな感じで話すようになった。おずおずした手が私の肩に置かれ、それから、気をつけてねとか幸運を祈るよとかもうこれきり会わないといいねとか言うのだ。

最後の夜、私は眠れなかった。私は怯えていた。これまで十か月、私はこの施設に生かされていたのであり、じきにそれが、自分次第になるのだ。同室の女の子二人もやっぱり眠れなかった。私たち三人は、友だちみたいなものになっていた。

「あんたの最後の夜よね」と二人とも言った。「あたしたち、何かしなくちゃ」

真夜中に――あるいは真夜中として私が記憶している時間に――私たちは夜勤の用務員のところへ行った。白人の男で、建物内でもかならず野球帽をかぶっていた。百万ドルの笑顔。外に出してほしい、と私たちは頼んだ。

「この子の最後の夜だからさ」と二人のルームメートが、精一杯無害に見せようと努めながら頼み込んだ。ここは女性の精神的トラブルに特化した施設で、私たちは患者の中で一番若い方だったから、何となく偉いような気がしていた。私たちの目の前にはまだ全人生が控えている——もしかすると。自分でその気になれば。何という力！

「あたしたち、散歩したいだけなの」と私は言った。「そこの道路を歩いて、帰ってくるだけ」

そう頼んだとき、結果は二つに一つだと私は踏んでいた。にべもないノーか、取引き。この用務員はいかにもそういうタイプだと私はつねづね思っていたのだ。そいつが答える前のしばしの沈黙のなか、どこまでやる気が自分にあるか、私は計算した。

たとえば、手で行かせてやる。それくらい眠ってたってできる。

その暖かい真夜中の空気を、私たちはそれほど求めていたのだ。

今夜は私の最後の夜なのだから、これは私の責任だという気がしたのだ。

「Goodbye, kid」と用務員は言った。「早く帰ってこいよ」

「え？」。こいつが誰かをkidと呼ぶなんて聞いたことなかった。

「ハンフリー・ボガート最後の言葉だよ」とそいつは私たちに言った。「ずっと昔、一九五七年の〔※妻ローレン・バコールに言った臨終の言葉〕。忘れちゃ駄目だぞ、ハンフリー・ボガートは非行少年だったのが更生して立派なことを成し遂げたんだ」

そうしてそいつは私たちを出してくれたのだ！　いまだにそのことが信じられない。もし誰か学生が、小説の中でそんなことを書いてきたら、私は即座に、馬鹿馬鹿しい！　と言うだろう。どうしてその人、クビになる危険を冒すわけ？　そもそも夜勤用務員は何で一人だけだったの？　この架空の学生を私はそうやって吊し上げ、その間ずっと、あんたなんにもわかってないのよと考えている。そしてそれはまるっきり間違っている。なぜなら本当にそんなふうに起きたのだ、そいつは本当に私たちを出してくれたのだ。経験を虚構に移し換えるときの問題がここにある。ある種の真実は、嘘のように読めてしまうのだ。

　ひょっとしてそいつは、この女は失うものが多すぎるからきっと戻ってくる、何しろ最後の夜なんだから、と考えたのか。

　ひょっとしてそいつは、周りにはなんにもなくて、私たちが行けるところなんかどこにもないとわかっていたのか。

　ひょっとしてそいつは、私が毎朝白い天井を見上げて薬を飲み込みながら、あんたらの勝ちだよと考えていたことを知っていたのか。退院を許されるのはそういうときなのだ。治ったときではなく、戦うのをやめたとき。

　あの用務員、いまでも用務員をやっているだろうか。

　いまでも生きているだろうか。

そいつの名前も思い出せないし顔も見えてこない。目を影にしている野球帽のつばと、あの百万ドルの笑顔だけ。

場所そのものは隅々まで覚えている。中年の静かな惑いの地点に立った今日《こんにち》でも、記憶を頼りにすべて絵に描ける。「家庭的」な感じを狙った造りで、へりをスカラップで飾った花柄のカーテンがすべての窓に引かれ、鉄格子を隠している。安物のカーテンなので、陽が照った日には、鉄格子が樹木みたいにしっかり透けて見える。

私たち三人は裏口からそっと外に出て、舗装されていない道を線路の方に歩き出した。そしてここが、私が一番自分を恥じているところだ。私たち三人は十か月一緒に暮らした。私と、この女の子二人。三人は一緒に座って食事した。映画上映の晩も一緒に観た。女の子の島。髪にブラシをかけあった。腰をつねりあった。唇に触れあった。お腹に。濡れている口の中に。私たちは泣きながら秘密を打ちあけた。悪夢を盗み聞きした。まだ意志があったころは薬をどうやって捨てるか、すり替えるかで共謀した（私は入院した時点で処方箋がないと手に入らない薬に依存していて、ルームメートのクロノピンが欲しくてたまらなかった）。

それなのに――

それなのに私は二人の名前が言えない。忘れてしまったのだ。二人の顔は一対のブラックホール、深淵宇宙《ディープスペース》。あの阿呆な用務員のことはよく覚えているのに。型をとって頭にはめ込んだみたいな野球帽の感じとか。忘れるなんていったいどういう人間だ？

休暇の時期になると、女性クライシス・センターにカウンセラーが一人呼ばれる。ボランティア相手の無料セッションを引き受けてくれたカウンセラーだ。これがセンターから私たちへのプレゼントなのだ。月曜と金曜の午後、カウンセラーは二階のアートルームにいる。ほかのボランティアは誰も行かないので私が行く。そしてその無料のカウンセラーから、あなたは粘り強い人だとわかります、あなたはやるべきことをやる人ですなどと言われる。そう言われても非難として聞かないよう私は努める。

結果的には、私はドラッグ常習者になるには野心が強すぎた。私にはいろんな計画があって、ドラッグより酒の方が、それらの計画と両立しやすいように思えたのである。まあだからこそこのあいだも、軋む階段をのぼってアートルームまで行こうなんていう気になったのだ――またもや二日酔いで。無料のカウンセラーに、時間の外で生きる、しらふの生き方が欲しいと言うと、水泳を始めてはどうかと提案される。そこで週に五日、夜明け前に起きて屋内プールまでてくてく歩いていく。腕が持ち上がらなくなるまで、へとへとで溺れそうになるまで泳ぐ。水泳で気分がよくなるかと無料のカウンセラーに訊かれると、自分が抹殺されたみたいな気分になると答える。プールを去るころにはもう、今日は何日なのかも、朝ご飯はもう食べたのかもろくに思い出せなくなっている。持ち物すべて塩素の臭いがする。

「上手く行ってます」と私はアートルームで言い張る。

もう何年も前のあのころ、フロリダではこんなのがセラピーとして通っていた——月に一回、地元の催眠術師がサラソタからやって来て、私たちの埋もれたトラウマ的記憶を掘り出すのに手を貸すのだ。催眠術師は異様な量の翡翠《ひすい》を身に着けていた。私の患者仲間の大半は、もうすでにしっかり掘り起こされたトラウマ的記憶を抱えていた。外の世界の連中が舌をちっちっと鳴らして、想像できるかい？　とささやくたぐいの物語を。なのにこの催眠術師は、なおもガンガン掘ろうとしたのである。

でも私は違った。私には催眠術師に与えられるようなものが何もなかった。

向こうはそう考えなかった。

初めて顔を合わせたとき、彼女は私の両手を握り——いくつも着けた指輪の銀の帯がひどく冷たかった——あなたの身には何か口にできないほど恐ろしいことが起きたと心底確信します、と言った。あなたの命を救おうと、あなたの記憶はその恐ろしさを隠してしまったのです、この未処置のトラウマがあなたのすべてのトラブルの源なのです。

こう言われて、私は催眠術にかかることを拒否した。そこまで深く真実に関わる気はない。

それにこの催眠術師はインチキに見えた。翡翠の重みに背も曲がっている。

彼女の月一度の訪問は、施設にとっても心配な時間だった。最悪の物語を抱えた女性などは、その後何日も食べも喋りもしなかった。自分が催眠術を拒んだことを私はみんなに伝えようとした。いくらこの施設に、私たちにいろんなことをやらせる力があるからと言って、私たちの無意識をそこまでコントロールできるわけじゃないでしょ。でもみんなは相変わらず催眠術を受けたがって、催眠術師にあちこち掘られて喜んでいた。私にはどうしようもない。

私たちの大半は家族によってここへ送られてきていて、だからみんな家族を憎んでいたが、最悪の物語を抱えた女性は自分で決めてここに入ったのだった。自分の貯金をはたいて、自分の家を抵当に入れた。最悪の物語を抱えているのに、それでもなお、そこまでして生きたいと思ったのだ。

催眠術の話をすると、無料カウンセラーは愕然とする。

「素人が」と彼女は舌打ちする。

素人だったかもしれないしインチキだったかもしれないけれど、そのとき催眠術師に言われた言葉に私がずっと取り憑かれていることを言い足しておく。

アートルームでのセッションが済むと、私は自分が住んでいない界隈を散歩し、観光客みたいに写真を撮って回る。公園に差している奇妙な影。氷と土の詰まった、花のなくなった窓の植木箱。帰り道に、T路線のホームで電車を待つあいだ、線路から健全な距離を取って立つよう私は気をつけ、背中をしっかりタイルの壁に押しつける。

細かいところに注目して、それを書きとめる。見る目を育む。それが作家のやることです、と私は学生たちに言う。

あの二人の女の子に関して、唯一救い出せる細かいところは、二人が抱えていた物語の中のひと握りの事実だけだ。

一人はこれまでにも二度、施設に入れられていた。いろんな治療のせい、彼女の命を救うためのいろんな試みのせいで家族は破産していた。彼女の両親も、フィアンセも。フィアンセの家族まで危機に瀕していた。来て最初の夜にその子は言った。「あっさり死なせてくれたら一番親切なのに、って何度も言うんだけどね」

もう一人は兄にレイプされた。何年も。

その兄が、この子に唯一手紙を送ってくる人物だった。短い、手書きの、天気に特化した手紙。

この女の子たちも、私のことを同じくすっかり忘れていてくれればいいと思う。ひとつだけ何か細かい、屈辱的な、人間らしさのかけらもないようなことを覚えていてくれればと思う。それでとにかくもおあいこになる。まだ二人が生きているとして。

私たちの最後の夜、道路から上がる埃のせいで、空気に霧がかかっているみたいに見えた。

私はいま、物語を語っている。

線路は土を盛って高くしてあった。灌木の茂った斜面を私たちはよじのぼり、金属の縁に危なっかしく立った。突然の自由に私たちは茫然としていた。痩せた木々越しに、施設の照明がかろうじて見えた。その世界、いまでは唯一の世界になっていたその世界が、ひどく遠く感じられた。明日になったら私がいなくなること、朝食の前に消えてしまうことを私たちは話さなかった。

「まず何をするつもりだね?」その日の午後、最後の面談で施設長は私にそう訊いた。この人は五十代前半だった。ゴム草履で出勤してきた。陽焼けした首に掛けた紐からサングラスが垂れていた。離婚していたけれど結婚指輪をはめていたところはいまだに白かった。日曜日には私たちをバンに乗せ、最寄りの町の〈オリーブ・ガーデン〉へ監視付きランチに連れていった。店に来た私たちは、みんな大人の女かほぼ大人の女で、ブレッドスティックで卑猥なしぐさをしても施設長の男には止めようがなかった。

夜の空気はしんとして重く、私は血のことを考えた。

「鉄道自殺する人間っていっぱいいるんだよね」と二度施設に入っていたルームメートが言った。「北アメリカだけでも何千人といる」

何年もあとに、姉が鉄道自殺して主人公が何日も泣きつづける小説を私は読むことになる。その本について私は知人と会話を試み、知人は取り乱している私を見て、きっとこの人もきょうだいを自殺で失くしたんだと思い込み、私は泣き止まず、そうじゃないと弁明することもできずに終わる。

さらにもっとあとに、私はクライシス・センターで、電話ヘルプラインのボランティア対象の、自殺の徴候を示す人とどう話したらいいかの講習を受ける。講習会の講師は、「自殺した」と言うときにcommitted suicideではなくdied by suicideという言い方に変えようと唱える運動を紹介する。Commitという言葉は、はっきり意図をもって行動するという含みがあるが、自殺で生命を絶つ人はとことん追いつめられていて意図どころではないから、というのだ。

ヘルプラインの問題は、たいていの人は誰にもヘルプできない事柄について電話してくるということ。

でなければみんな、駐車用のパスについて電話してくる。

無料の食事を食べに行きたい、コンピュータを使わせてもらいたい、で、近くには駐車スペースがないことがわかっている。でなければ、古着、古本を寄付したい。

講習会の講師は、前向きな、開かれた問いに目を向けましょうと唱える。「今日あなたが、自分の人生をよりよくするためにやれる、何かひとつ小さなことは？」と私はその日の午後、ヘルプラインに電話してきた女性に訊ねることになる。講習会の講師から渡されたリストから選んで読み上げたのだ。「その質問に答えられるんだったら、こんなアホな番号に電話すると思う？」と相手は言い返すことになる。

あの講師が、鉄道自殺にすごく詳しかった私のルームメートに会えたらよかったのにと思う。だんだん戻ってきた、あの子が——すごく背が高くて、長い黒髪はカーテンみたいにまっすぐ。自分がやった未遂一つひとつを愛しげに話す感じも思い出してきた。過去にやった強盗、これから未来にやる強盗を一つひとつ吟味する筋金入りの犯罪者みたいに、それぞれどういう計画だったのか、最後の最後でどう上手く行かなかったか、次回はどう違った形でやるつもりかを語る。次回の、最後の大きな勝負、これが済めばもう自分はいない。

あんなにはっきりした人間は会ったことがない。

この子がフィアンセをつかまえたことにすごく感心した記憶がある。フィアンセは週一回葉書を送ってきて、毎週日曜に電話してきた。

線路がまだ使われているのか、もう廃線になっているのか、三人ともわからなかった。汽笛は一度も聞こえた記憶がなかったから、たぶんもう使ってないんだろうと思った。精神に問題抱えた女たちの施設から出てきて線路を歩く、なんてすごく危なっかしいよね、と私は言ってみた。

二人目の、変態の兄がいる方のルームメートは赤毛で、睫毛が半分透けていた。

「列車の音が聞こえる」とその子は言った。

「黙んなよ《シャット・ザ・ファック・アップ》」と背の高い方のルームメートが言った。「聞こえてなんかいないよ」。この子はいつもみんなに黙んなよと言っていた。それは愛情表現だった。

「聞こえるってば」赤毛が言った。

足下の地面が揺れるのを私は想像した。

「鉄道自殺する人って、お祈りしてるみたいに見えるんだよね」と背の高い方が言った。「ひざまずいて、頭を線路にくっつける格好が」

「あんたなら最後の夜に何をする?」赤毛が私の方を向いた。丸い、青白い顔が月みたいにちらちら光った。「あんたもお祈りする?」

実はたまたま、少し前から私はお祈りをするようになっていた。寝る前に虚空に放り投げるつかのまの思い、荒れ狂う海に浮かぶ筏、そんな感じ。神は私みたいな人間にムカつくだろうか。ものすごく困ったときだけ祈り出す連中。誰にも一人は覚えがある最悪の友だち。

「いま欲しいのは煙草だけだね」と私は線路の上で言った。「あとは、わかんない」

次の日の朝、私は空港で煙草を一箱買い、歩道の端で全部喫ってしまう。ひどく気持ち悪くなって、ものすごく長い時間ゲーゲー吐いて、そのうち吐くものもなくなってただゼイゼイ喘いで、洗面台の冷たいボウルを両腕で抱えて、危うく飛行機に乗り遅れそうになる。乗っている最中、最愛の人と別れてきたみたいに私はしくしく泣く。

「列車に乗れるんだったら、何だってするんだけどなあ」夢見るような目で、背の高いルームメートは暗い線路の先の方を見た。

赤毛は指を二本口に突っ込んで、ピーッと鋭く指笛を吹いた。

「やめなよ」。私は赤毛の手をひっぱたいた。こういうふざけ方は気に入らない。

赤毛は指を口の中に戻してもう一度やった。

「ああ、ああ。やめないで」。背の高いルームメートは片手を股間にずらしていった。「あたし、濡れてきた」。何か気に入ったことがあると、何かをいいと思うと、この子はいつもそう言ったのだ——「あたし、濡れてきた《ユーアー・メイキング・ミー・ウエット》」。

赤毛が指笛を続けて、ソケットに刺さった突起みたいに二本の指が深く埋もれれば埋もれるほど、私にはそれが見えた。聞こえた。感じられた。椰子の葉が揺れた。線路が震えた。私は胸郭に汗を感じた。紐のないスニーカーの底が熱くなった。

列車が来た。

私たちはまだ、死んだら悲劇だと思われるくらい若かったけれど、背の高いルームメートはいつも、時の流れですさんでしまう前にあたしたち自殺しなくちゃいけないんだよと言っていた。アリスのこと考えてみなよ、と彼女は訴えた。アリスとは六十歳の、ガレージでガス自殺未遂をして子供たちにここへ送り込まれた人間だった。しみだらけのジャージ、情けないお椀みたいなヘアスタイルでうろつき、足の爪が肉に食い込んでいた。三十代で電気ショックを受けていた。アリスのこと考えてみなよ、悲劇がどうこう言うんだったら。

新年になったら――で、もうじき新年なのだが――そうなったら私の年齢は、最後の夜にあの線路に立って列車のことを考えていた女の子よりもアリスの年齢に近づく。

その女の子が世界に復帰してからまもなく、花柄のカーテン越しに鉄格子をじっと見て十か月を過ごした自分を殺さないといけない、という結論に彼女は達することになる。そうしなければ、彼女がこれからなろうとしている人間が入れ替わりに入ることができない。それはいい計画だったが、あいにくその子は、その古い自分は、粘り強かった。いままでにも増して粘り強かった。

私が列車に轢かれて死んだ夜の話をしたい。

ただし――そんなことは起こらなかった。

なぜなら列車なんて来なかったからだ。当然だ。私たちはしばらく話していて――何の話をしたかは思い出せない――名前を言える星を探した。銀河以外ひとつの名前も私たちは知らなかった。三人とも、あのころは、本当に何も知らなかった。私たちは約束どおりの時間に帰った。一回ノックすると、用務員が中に入れてくれた。百万ドルの笑顔をキラッと浮かべ、私たちが愚鈍に服従することをこれっぽちも疑っていない。私たちはこそこそと部屋に戻り、寝床に入った。消灯。夜明けの際《きわ》に、私はそっと出ていった。あの時ほど旅の荷物が少なかったことはない。二人は起きていたとしても何も言わなかった。どうやら私たちはみな、話しあったりしなくても、さよならなんて意味がないと決めたのだ。

ずっと前の話。

これが自分の人生の転換点だったとはもう思えなくなったくらい前のこと。

まあときどきはそうだったと思えるけど。

列車を見たときとか。

変な話だけど、私は列車が大好きなのだ。いくら乗っても飽きない。

アートルームでの無料カウンセリング最終日のあと、私は遠回りのルートでプールに行く。まだ冬で、一階の酒場は突然の静寂に凍りついたままだが、いまこの瞬間はけっこう暖かくてコートのジッパーを閉める必要もない。前にも思ったのだが、もしあのとき本当に列車が来ていたらどうなっただろう。背の高い女の子はお祈りをしたがっただろうか。赤毛と私とで思いとどまらせることができただろうか。今日あなたが、自分の人生をよりよくするためにやれる、何かひとつ小さなことは？　赤毛は私たちの顔の中に兄の顔を見て、私たちを突き飛ばしただろうか。私たち三人とも正気に返って、さっさと立ち去っただろうか。それとも私だけ二人を線路に置き去りにしただろうか、自分が生き残るために殺したあの幽霊たちを。

# 引力
The Pull

リディア・ユクナヴィッチ
Lidia Yuknavitch

岸本佐知子 訳

リディア・ユクナヴィッチ
Lidia Yuknavitch

アメリカの作家。カリフォルニア生まれ、オレゴン在住。長篇に*Dora: A Headcase* (2012)、*The Small Backs of Children* (2015)、*The Book of Joan* (2017) などがある。2011年に刊行した回想録*The Chronology of Water*はPEN Center USA Awardの最終候補に。TEDでのスピーチを元にした著作*The Misfit's Manifesto* (2017) がある。2022年、最新長篇となる*Thrust*を刊行。「引力」は2020年刊行の第一短篇集*Verge*に収録されている。

水の中で、泳ぎ手の体は重さをなくす。プールの青が彼女の耳を満たし、体を包み、外の世界を遮断する。泳いでいるときの自分が彼女はいちばん好きだ。陸の上では、泳ぎ手は息をするのもままならない。

彼女がまだ二歳にもならないころに、はじめて水に引き寄せられたときの話はいまも語り草だ。家族で地中海に旅行したある日の午後、みんなが目を離したすきによちよち桟橋の端まで行き、石ころのように海に落ちた。五つ上の姉がすぐさま飛びこみ彼女を引きあげた。水から顔を出した彼女は、おぼれるどころか笑っていた。自分では覚えていないが、家族はいまもそれを昨日のできごとのように話す。

とはいえ子供時代は彼女にとって、聞きたくない長いひと連なりのお話に似ている。聞いていると胸が苦しくなってくるような。

何よりも泳いでいたいと彼女は思う。子供時代のほんの一コマも思い出すことなく、ただ毎日泳いでいたいと。家のまわりの建物の形すら彼女は覚えていない。彼女にとって、家とは喉につかえたレンガの爆破片のようなものだ。

彼女の寝室の外の廊下に、いまも掛かったままの家族写真がある。もうずっと昔、親戚一同が集まったときに撮った写真。笑顔のない親戚たちのところどころに、そこにいるはずだった人の空白がある。おじの一人、いとこの一人、誰かのきょうだいやおばさん。まるで一族の体が一つまた一つと順に消えていったみたいに。

この世の何よりも水を愛する彼女が、ほかにたった一つ好きなのが姉の顔だ。夜中、悪い夢を見てうなされる姉の眉間のしわを、彼女は指でさすってのばす。戦車が来るようになってから、そういうことはしょっちゅうになった。そして姉も、迫撃砲におびえていつまでも目を開けている彼女の耳のくぼみをやさしくなでて眠りにつかせる。姉は彼女にとっての命綱だ。二人の少女は互いによりあわさって命をつなぐ。

彼女は悪い夢を見ない。かわりに見るのは水の幻だ。まるで水が彼女に語りかけてくるように。

重力など存在しないかのように腕を動かすこと。口は開けたければ開けてもいい、ただし陸でのように呼吸《いき》をしてはいけない。かわりに目を閉じて、吸いこむことのできるあの青を思い出してごらん。それから目を開ける。するとほら、もう水の中でも呼吸ができる。それは誰だってできること。誰だってやっていたこと。はるかな昔には。つぎに、体を浮かべるのではなく沈めてみる。海の底まで降りたら足で砂を探りあて、体に重みを取り戻してまっすぐに立つ。これでもうどこへでも好きなところに歩いていける。すぐ横にヒトデやウミガメがいる。隣を泳ぐデンキウナギは黄色と青のまだらの体をSの字にくねらせる。自分の両手を見てごらん。それがヒレだと想像できる？　指を大きく広げてみる。はるかな昔には、指も、腕も、脚もなかった。陸での暮らしが始まる前には。海の中には寂しいなんてない。あるのはただ水の中の生／死だけ。おびただしいほどの。

もう一つ家族のあいだで語られるのは、彼女がホテルのプールでひとり夢中で泳いでいるところを水泳のコーチにスカウトされたことだ。そうして彼女は水泳チームに入った。まだ地面が裂け、空が鉄の雨を降らせるようになる前のこと。どこであろうと彼女は水を見のがさなかった。スーパーの隣のホテルの腎臓形のプール。バカンス先の海。爆弾にやられた団地の中の、枯れ葉や泥や土埃や、ひょっとしたら血で半分埋まったプール。でもかまわなかった。どこでだろうと彼女は泳いだ。泳いでいれば世界を遠ざけておくことができたから。

水泳の練習をしているときだけ、泳ぎ手は生きていることを実感する。水の中を前へ前へ進ませる腕の筋肉の動き、息を吸う、吸わないリズム、脈打つ心臓。同じ泳ぎ手たちだけが、彼女には近く感じられる。彼らとなら、言葉がなくても心を通わせられる。水の中ではすべての体がたがいに連携しあい、同じ形をつくり、同じリズムを刻み、一つずつちがっていたり同じだったりする波をくぐり抜けていく。

家に帰らず昼も夜も泳いでいられたらいいのに、彼女はときどきそう願う。

だがやがてプールにまつわるすべてのことも、泳ぎながら自分の中で起きるさまざまなことも、永遠に変わってしまう日がやってくる。学校は一度に何週間も休校になることがしだいに増えていくが、それでも彼女と友だちはふだんどおりのことをしゃべり、メールしあう。子供は変化に気づきにくい。子供はただ友だちといっしょにいたい、いつもどおりでいたいと思うものだから。何かがおかしいとは感じている、それはつねに感じていた、だがこの日母親は、彼女が家から出て学校に行くことも、水泳の練習をすることも禁止する。

泳げないことが彼女の肩を疼《うず》かせていたその日の午後、キーンという音が空に響き、ついで耳を聾《ろう》する静寂、そして爆弾がプールの屋根のあらかたと壁ひとつを吹き飛ばす。友だちだった二人が死に、死体はぷかりと浮いてから底に沈む。二人はもう二度と未来に向かってプールを往復することはない。

人生に死が登場して水を奪って以来、彼女はただひたすら海を目指すことを思うようになる。水の幻影の中で、彼女は事物の下に広がる海を見る、その振動は骨を、船の残骸を、海の生き物たちを、男や女や子供や動物の死骸を、咲いては枯れるサンゴの群れを、プラスチックと油とマグマの隆起をふるわせる——そこではすべてが流動的で、互いが互いの部分である。海に沈んだ文明のすぐ横であらたな魚の国家が、あらたな種族が生まれ、深度とともに意味も深くなる。光合成とその不在、それでもなお生命また生命。海の中で、何かの死はべつの何かの生に取ってかわられる。壁も道もフェンスも国も爆弾もない、あるのはただ熱塩循環と、海底の潮流と、地球の自転が引き起こすコリオリの力だけ。太陽と月の力で潮は引き、潮は満ちる。

海はあなたに語りかける。彼女の膨張と収縮を。無限の波のように繰り返される、彼女の創造と破壊とあらたなる創造を。

この国を出ていくとき、彼女と姉は旅の危険をすでに知っている。両親も知っている。どこでも誰でもが知っている。どうやってこの国から出ていくかは、二人が生まれる前からさかんに話し合われてきた話題だった。家族や恋人や友人や見知らぬ同士のあいだで、脱出のもたらす断絶は夜ごと議論されてきた。いまや彼女の前景は友人たちの屍と爆撃された練習用プールの瓦礫で埋めつくされ、それが彼女と泳ぐことの自由のあいだに横たわっている。彼女の望みはあらゆる子供の望みと同じ。泳ぎたい。友だちを作りたい。学校に行きたい。飢えたくない。死にたくない。彼女はぎりぎりと歯をくいしばる。

だから彼女と姉が出ていくとき、脱出のストーリーはすでにできあがっている。二人は脱出者の波のひとつに合流する。そこから陸路トルコまで行き、エーゲ海を渡ってギリシャに行き、ギリシャから二十二日かけてドイツに入る。人々がどこから来たのか、体にどんな血が流れているか、そんなことは関係ない。大切なのはただひとつ、皆がいっしょに旅する仲間だということ。彼らはまるで脱出の名のもと生み出された、いくつもの言葉と恐怖と希望をごちゃまぜにした一個の新しい生命体だ。海から陸に上がろうとする新種の生物だ。

夕暮れのエーゲ海、この世にあまねく存在するゴムボートと同様、二人の乗ったゴムボートが沈みかけるとき、人々は渇き、顔にも目や口のまわりにも塩とはがれた皮膚がこびりついている。乗り合わせているのは姉妹と同じかもっと下の、十代の子供たちだ。うち二人はほんの赤ん坊、年上の子たちも何人か。猛々しい優しさ、乱暴な思いやりとでもいうべきものがみんなのあいだにはあり、それがかろうじて彼らの命をつなぎ止めているが、それもボートが浮いていればの話だ。ゴムボートが転覆しはじめたとき、彼女には一瞬それが斜めに傾いた家族の集合写真のように見える。世界の軸が傾いて、人々が枠からこぼれて海に落ちていくように。彼女はみんなの顔を、血のつながらない家族の顔を食い入るように見、それから振り返って海を見る。

誰の目にも遠くの陸地は見えているのに、みんなの顔を見れば、そこまでたどり着けるほどの泳ぎ手が一人もいないのが彼女にはわかる。それが何よりつらい。

水の幻影の中で、泳ぎ手は自分が引っぱられるのを感じる。

海や湖の中で、ある種の人々は自分を引きこむ力を感じる。まだ誰も言葉にしたことのない力を。それを感じるのは人生が重すぎる人たちだ。人生が物語を破壊し、誰もが恐れて足を踏み入れない領域に旅する人たち。その力は冷たいのに温かい。それは体を歴史の中に押し返す。羊水に似て、だがもっと強い。引っぱられた人は、引っぱられるままに水の中を少し沈む。手足の力を抜き、目を閉じ、超人的な冷静さで呼吸を止める。水の中でも呼吸できると信じていた子供のころの、あの冷静さでもって。その引力を感じた人々には、二つのうちのどちらかのできごとが起こる。ある人は手足をむやみにばたつかせて疲弊に向かい、ついで観念したように動きを止め、かつて呼吸であったところに水が浸入する。私たちが生まれる前にそうであったように。引力は、すべての人の中にちがう形で生きている。

だが、なかには水の中で目を開き、ある作用が、呼吸よりも大きな力が身内にみなぎるのを感じる人もいる。彼らは腕と脚を力強く動かして浮上し、肺の中にふかぶかと空気を引きこむ。戦って、生き残る。

彼女はボートの上で靴を脱ぐ。姉も同じく靴を脱ぐ。彼女がズボンを脱ぐ。姉もそれにならう。彼女がボートから身を滑らせて海に入る。続いて姉も海に入る。歩くよりも先に泳ぐことを覚えた、二人の泳ぎ手たちだ。

泳ぎ手は頭をブイのように水面に浮かべ、目で距離をはかる。ふつうの人なら遠すぎると感じるそれも——恐ろしい、自分からおぼれにいくようなものだとボートの人たちは思う——彼女にはじゅうぶんに可能な距離だ。振り返り、姉を見る。あたしたちならできる、姉の目はそう言っている。両腕で8の字を描き、両脚をやすやすと動かして水を搔く彼女の体には、ひとかけらの迷いもない。あたしたちは泳いで、生きられる。彼女は手を伸ばし、姉の眉間のしわをのばす。

姉妹はゴムボートのロープを見つけ、それをめいめいの足首に結わえつける。すばらしい力強さで姉妹は陸を目指して泳ぎだす、ほかのみんなを曳航《えいこう》しながら。泳ぎ手と姉の美しい体、その下の水の強大な引力、万に一つの希望をつなぐボートのみんなの目と心臓の引力、そして彼らのまわりで逆巻く巨大な狂った世界が引きこもうとする先には――

この物語に結末はない。

子供たちを海に追いやるのは、ほかならぬ私たちだ。

# 競訳余話
## Part 4

## その一瞬を凍結させたような

**柴田**　ローラ・ヴァン・デン・バーグの「最後の夜」は、訳してみてますます面白いと思いました。書き出しからしてほとんど反則というか、「私が列車に轢かれて死んだ夜の話をしたい」と始まる。「おお、死者が語るのか、面白そうじゃないか」と思うわけだけど、すぐに「ただし――そんなことは起こらなかった」と、要するに、死んでいない。もし書き手がまだ著書もない若手で、創作科の課題としてこの作品を提出したら、あまり柔軟でない先生には「こんなの駄目だ」と言われてしまうんじゃないか。そういう書き出しです。そもそも物語を語るとはどういうことなのか、あらためて考えさせる出だしなのか、それとも単にアホなのか、これだけではわかりません。

主人公は下手をすればジャンキーになりかねなかった、人生が二十歳ぐらいで駄目になってしまっていても不思議はなかった人です。今は一応立ち直っていて、たぶん大学で教えていて、まあ社会のメインストリームに入っている。そういう話が最近多いような気がします。岸本さんが今回訳されたリディア・ユクナヴィッチの短篇集（*Verge*, Riverhead Books, 2020）の中にも、昔ジャンキーだった人が今は大学の先生になっていて、娼婦をやっている女を何時間か買って、何もしないで休ませてあげる話がありました。昔はアウトローが更生する話なんてカッコ悪いみたいな暗黙の前提があったけど、今は立ち直れるのならそれに越したことはないという発想もあるみたいです。

**岸本**　この作品、私は「サバイブしている」ということがすごく美しいなと思って読みました。「人生の転換点」という言葉が最後の方で出てきますけど、人生にはいくつか分岐点があって、そこでAを選んだらもちろんBは選ばないわけだけど、そのときに一人が分裂して、選ばなかった方の可能性を生きているもう一人の自分というのがいて、その感覚がその人を生かし続けている、というような。

**柴田**　BではなくAを選んだ主体性に意味を感じる、ということですか？

**岸本**　というか、この主人公の場合、選んだわけではなく、たまたま列車が来なかっただけで、どっちに進んでもおかしくなかった。でも「あのとき、Bの方が起こっていたらどうなっていたか」と考えるとき、自分が二つに分裂しているような気がするんじゃないか。その「そっちの自分もどこかにいる」という気持ちがこの人を支えている、というような。

**柴田**　Bの私は今の私ではないけれども、ありえた私として今の私にとっても意味がある、みたいな感じですかね。

**岸本**　そうですね。

**柴田**　その話と繋がるかどうかわからないんですけど、この「最後の夜」が収録されている短篇集（*I Hold a Wolf by the Ears*, Farrar, Straus and Giroux, 2020）には「仮にこうしたら……」みたいなアイデアから始まっている話が多いです。たとえば"Your Second Wife"という短篇は、妻やパートナーを亡くした人たちのために、亡くなった人の写真やデータを送ってもらい、その人そっくりに変装して客の前に現われる、という商売をやっている女性の話です。“Slumberland”は、アパートで隣の部屋からすごく悲しそうな泣き声が聞こえてくるんだけど、その隣人に会ってみるとすごくハッピーな顔をしていて、どういうことなんだろうと思って訊いてみたら、そういう泣き声に快感を感じる客のために仕事として電話口で泣いていた、という話。もちろんこういうアイデアに寄りかかっちゃうとつまらないんだけど、この「最後の夜」なども、施設で同じ部屋にいたルームメートの女の子二人とか、施設の用務員の話とか、そのあたりのリアルさもまずは大事だなと思いました。

**岸本**　この人の「南極」（藤井光訳、『文學界』二〇一四年九月号所収）という短篇も読んでみたんですけど、人物が消えていく話で、しかも南極が舞台で冷え冷えとしていて、「最後の夜」の方がより力強さを感じました。前向きとまではいかないんですけど。

**柴田**　消える話というのはこの短篇集の中にもありますね。だからどれもが前向きで明るいわけじゃないけど、この「最後の夜」を最初に持ってきて、最後もわりと強い話で、最終的にはそっちに行きたいんだろうなという感じがします。岸本さんが訳したユクナヴィッチの方も、「引力」は前向きだけど、同じ短篇集の他の作品は暗くて重かったりしますね。

**岸本**　そうですね。「引力」も短篇集の一番最初に載っていたんですが、実はその次に載っていた"The Organ Runner"というのとどっちを訳そうか迷ったんです。

**柴田**　あれはすごい話ですね。

**岸本**　事故で手首のところから切り離されちゃった左手を、足首のところに仮にくっつけておく、という書き出しからして強烈で。

**柴田**　おばあさんがいっぱい子供を養っていて、子供たちに臓器を提供させて拡大家族が成り立っている。その子供たちの中で一番意地悪な男の子が最後で虐待されているシーンなどは、ちょっと言葉を失います。

以前、川上弘美さんと話していて、ある小説がポジティブな終わり方をしている、というようなことを話題にしたら、「私自身はポジティブで終わってもネガティブで終わってもどっちでもいいんです」みたいなことをおっしゃったことがあって。意志の力で自分の人生は自分で作っていけるのだ、ではもちろんなく、人生は偶然の産物で自分がどうもがいても予め決まっているのだ、みたいな単純な諦念でもなく、その間で、頑張っても仕方ないのかもしれないけど、でもまあ頑張るしかないか、というような実感。それは今の時代にはいつにも増してしっくりくるのかなという気がします。時代性みたいなものはあまり強調したくないんですけど。

「最後の夜」に話を戻すと、この女の子三人のバディの感じがゆるくてすごく好きなんですが、バディものって圧倒的に女の子の方が説得力あると思いませんか。

**岸本**　そうですよね。シスターフッドと言いますが、女の子三人いるだけで必ずフッドは生まれてしまうという感じがなんとなくある。それは、やはり社会の中のマイノリティどうしの連帯、ということなんでしょうか。

**柴田**　やっぱりそれはあるでしょうね。取り立ててマイノリティでもない男三人が集まってお互いをいたわりあうとか、互いが互いの分身的な役割を果たしてキャラクターを照らし合うとか、そういうのはあまり見たことがない。

**岸本**　これが男三人だったら全然美しくない感じはしますね（笑）。とにかく私はすごく「美しい」と思ったんです。一晩のほんの一瞬のことだけど、それが人生の分岐点で、その一瞬を凍結させたみたいな話で。そこには、主人公が十七歳で、他の二人も同じくらいの歳だと思うんですけど、そういう年代の子たちの一瞬の関係性、触れ合ってたぶんもう二度と会わない感じとか、そういうものも瞬間凍結されている。それが読んでいてほんとうに美しいと思いました。

**柴田**　ほんとにそうですね。そこまで言っちゃいけないいんじゃないかと思ってたんですけど、岸本さんに言ってもらって安心しました（笑）。

## ボーダーラインのあちら側、こちら側

**岸本**　リディア・ユクナヴィッチについては、何も知らないまま最新の短篇集をたまたま手に取った、というのが出会いです。その最初に今回訳した「引力」が載っていて、「すご

くいいぞ」と思ったんですけど、訳すにあたってどういう人なのか調べてみたら、めちゃめちゃヘビーな人生を歩んだ人でした。ユクナヴィッチという名前からして東欧生まれなのかと思ったらサンフランシスコ生まれで、お姉さんがいるんですけど、幼い頃からお姉さんと共に父親から性的、物理的に虐待を受けていて、しかもお母さんはアルコール依存症だったそうです。でも水泳コーチに見出されて水泳チームに入ったことで救われたらしく、その後一家でフロリダに移住して、水泳の強化選手になってオリンピックを目指していたものの、その頃から自分もお酒を飲み始めてしまい、モスクワオリンピックもボイコットになり、お酒とドラッグでボロボロになって選手生命も絶たれて……。あと、二〇一六年にTED（さまざまな分野の専門家による講演会を開催している団体、およびその講演会のインターネット配信サービス）に出たことで広く名前が知られるようになったようです。

**柴田**　彼女が出た回はものすごく観られているみたいですね。

**岸本**　そうなんです。そこで彼女は自分のことを“misfit”だと言っていて、どう訳せばいいかわからないんですけど、「生きるのに向いていない」とか「生きにくい」という感じでしょうか。misfitである彼女が、今世の中にいるmisfitの人たちに語りかけているという感じで、自分の過去のこと、虐待されたサバイバーで、アルコール依存症もドラッグ依存症も経験し、結婚も三回ぐらいしている、というようなことを語っています。そこだけ取り出すと、なんだかちょっとルシア・ベルリンみたいですね。ある結婚のときに生まれてすぐの子供を失ってしまい、そのショックで長いことホームレスをしていた時期もあったそうです。そんな失敗だらけの人生だけど、それでもmisfitであるあなたは美しいし、あなたにしか書けない物語がある、そういうmisfitたちの美しい物語を聞くのを私は待っている、というメッセージを最後に送っていて、感動的でした。

後で彼女のそういうバックグラウンドを知ると、「引力」に描かれている〝泳ぐ〟ことの意味を考えさせられるし、作中の戦争も、もしかしたら虐待とか家庭のことを表しているのかもしれない、と思えてきます。ところがそうこうするうちに現実世界でも戦争も始まってしまって。

**柴田**　そうか、この作品を選んだのはウクライナの戦争が始まる前ですね。

**岸本**　そうです。だからいろいろな読み方ができるんですが、もちろんまっさらな状態で読んでも面白いと思います。私も最初はそうでした。

**柴田**　そのmisfitという言葉と同じくらいの頻度で日本で聞く言葉というと、たぶん「生きづらさ」だと思う。そのあたりにアメリカとの違いを感じますね。生きづらさを感じている人というのは、一応社会の枠の中にとどまっているから生きづらいわけです。なかなかそこから枠の外に出る勇気はない、というのが日本。もちろん日本だって街を歩けばホームレスの人とかがいて、そういう人たちの声ってあまり聞こえてこないから安易には言えないけど、たぶんアメリカよりは日本の方が枠の中にとどまる努力もするだろうし、とどまるためのセーフティネットもどんどんなくなってきてはいるけどまだアメリカよりはあるだろうと思う。ボーダーラインにいる人が、日本だと枠の中にとどまって生きづらさを感じ、アメリカだと外に出てmisfitになり、それはそれで壮絶な自分の物語を持ってしまう。

**岸本**　そうすると日本ではほんとうに落ちこぼれちゃった人の声は聞こえてこない、ということでしょうか。

**柴田**　うん、たとえば作家がそういう人たちの声を、そういう人たちになりかわって書こうとしても、ある種のブレーキが働いてしまうと思うんです。アメリカで白人が黒人の身になって書くのが許されない、というのと似ていて。

　ローラ・ヴァン・デン・バーグは同じ作家のポール・ユーンとすごく幸せに暮らしているみたいだから、そこはユクナヴィッチとは違うけど、ボーダーラインにいてあっち側に行きえた自分というのを書いていて、ユクナヴィッチの場合はあっち側に行っていたことの方が圧倒的に多い自分というのを書いている。

**岸本**　そうですね。今はたまたまこっち側に戻っていますけど。

**柴田**　それが彼女の強みですよね。その両方にまたがっている感じ。そこから強いものが出てきている。

**岸本**　ちょっと話が変わりますが、「引力」は〝泳ぎ〟でもって生きる側に行く、という話なわけですが、最近立て続けに女性が〝泳ぎ〟によってサバイブしたり救われたりする話に遭遇したんですよ。先日の日本翻訳大賞（二〇二二年の第八回）で最後に残った五作のうち、『地上で僕らはつかの間きらめく』（オーシャン・ヴオン、木原善彦訳、新潮社）では、主人公のお母さんがベトナムから移民としてアメリカに来て、肌の色のことで男の子たちからいじめられるんだけど、川に飛び込んでしまえば水の中までは追ってこられないというシーンがあって、〝泳ぎ〟が安全地帯というかサンクチュアリみたいになっている。『パッセンジャー』（リサ・ラッツ、杉山直子訳、小鳥遊書房）という、ある女性がつぎつぎに偽名を使って逃亡を続ける話でも、泳ぐことで癒やされたというシーンがあります。「最後の夜」にも泳ぐシーンが出てきますよね。

**柴田**　カウンセラーから水泳を始めたらどうかと提案されるところですね。それでプールに行って何も考えられなくなるまで泳ぐ、という。

**岸本**　そのエピソードは救いとは違うのかもしれませんが、女の人と〝泳ぎ〟には親和性があるのかな、という気がします。〝泳ぎ〟というより〝水〟なのかもしれないのですが。「オール女子フットボールチーム」も「アホウドリの迷信」も〝水〟に関係しているし、私はなぜかそういう話ばかり選んでしまう。

**柴田**　その「アホウドリの迷信」を発想源に、MONKEYで「湿地の一ダース」という特集が生まれ（25号）、この対話でも話題にしている“Starver”（「断食」）という、少女がウナギになる話も訳していただきました。あれも姉妹の話ですし、「引力」と通じるところがありますね。

**岸本**　選んでいるときは無意識でしたが、水っぽい、湿り気の多い話が自分は好きなんだなという発見がありました。

**柴田**　今までもそうだった、というわけでもないですよね。

**岸本**　そうですね。今回、ある程度自由に好きな短篇を選んでいいぞと言われて、結果的にそうなりました。「引力」の中には「泳いでいれば世界を遠ざけておくことができた」という一節が出てきて、そこなんかはまさに、という感じです。そういう気分というのは、女性の方が強く感じるのかもしれません。

**柴田**　男が「泳いでいれば世界を遠ざけておける」と言っても白々しさが出るでしょうね。先日、シルヴィア・プラスについて小林エリカさんと対談して、小林さんの『わたしは　しなない　おんなのこ』（岩崎書店）という新しい絵本の話になって、女の子だけじゃなくてネズミとかいろいろ出てくるんですけど、「わたしは　しなない　おんなのこ」という歌をうたうのはやっぱりみんな女の子なんです。それが男の子だった場合に話が成立するかというと、なんとかできるのかもしれないけど、たとえば「わしは　しなない　おじさん」だとやっぱり話にはならない。「おじいさん」までいけばまた別の物語が見えてくるかもしれませんが、「おじさん」あたりが一番無理がある。それは、お前に世界の暴力から逃れる権利はないよ、と誰もが思うからだよね。

**岸本**　暴力を作っているのはだいたいおじさん、という。

**柴田**　そうなんですよね。暴力を被っている側の方に物語がある、という経験則はあるみたいで。そういう人たちが文学で声を持つということは、当たり前の話ですけど、すごく大事です。今回このアンソロジーで選んだ作家がほとんど女性作家で、唯一の男性作家もフォーカスは女子フットボールチームに当たっているというのは、珍しく時代の要請に合ったことをやってるな、という気がしています。

**岸本**　自然にそうなった、というのが面白いですよね。

**柴田**　ほんとにそうですね。

**岸本**　柴田さんは意図的に女性作家に絞ろうと決めていたんでしたっけ？

**柴田**　ある程度は。アン・クインのところでも触れましたが、男性作家と女性作家がいたときに、以前は男性を選んでいた。それは男性作家の方が大事だからというより、学者の世界では自分の専門分野というのをつい考えちゃって、女性作家は自分の領分ではないかなあまり手を出すべきではないという抑制が働いていたからです。女性だけじゃなくて、イギリスの作家もそう。それで随分損をしたな、しかもそれで書店の棚に並ぶ本の男性作家のパーセンテージを増やしてしまったとすれば申し訳ないなという気持ちもあって、今は両方あったら自動的に女性作家の方にまず目が行くようになっています。

**岸本**　今まで男性の方を選んでいたのは、ご専門の分野だからであって、自分が男性だからということではないわけですね。

**柴田**　そうですね。自分とカタログデータが近い人の方がよくわかるだろうということをあまり大事にしちゃうと、そもそも外国文学を翻訳したり研究したりすること自体やってもしょうがない、ということになりかねない。だから、そのロジックはあまり使わない方がいいだろうなと思います。

**岸本**　以前、都甲幸治さんに「岸本さんはいいよなー」と言われたことがあります。「アカデミズムの人間じゃないから、アメリカだろうがイギリスだろうが自由に訳せるもんね」って。それで、そうか、〝野良〟の自分は自由なのか、と気づきました。

**柴田**　レンジをつい絞っちゃうんですよね。岸本さんは最初からトム・レオポルドやニコルソン・ベイカーを訳されていて、男女ということにはこだわらずにやってこられた。

**岸本**　そうですね。私もそんなに女性のことをわかってない、というのもあります。自分の性別をほとんど気にしないで生きているので、女性だからこの人の気持ちが特別わかると思ったこともないし、男性だからちょっとなあ……ということもないし、どっちもよくわからないという感じで。

**柴田**　うん、どっちもわからなくていいんだと思うと、気が楽になりますね。「わかるから」じゃなくて「惹かれるから」で選べばよくなる。

## 新しい作家をどう見つけるか

**岸本**　今回この企画をやらせていただいて、もうめちゃくちゃくちゃに楽しかったんです。雑誌で何でも自分の好きな短篇を訳していい、と言われることほど楽しいことはないですから。『変愛小説集』（講談社文庫）のときもむちゃくちゃ楽しかったんですけど、今回も選んでいるときからほんとに楽しくて楽しくて。ただ、今回は日本で紹介されていないもの、という縛りがあったのが結構きつくて、「これ面白い！」と思うとだいたい以前に自分が訳したことがある作家だったりして（笑）。だから、今からまた一年くらい時間をもらって、来年の今頃にまたやろうということだったら、もっとたくさんいいものを持ってこられそうな気がします。

**柴田**　この企画、またやりたいですよね。これでいいものは全部出しきっちゃいました、ということでは全然ないから。

**岸本**　今回柴田さんが見送った中にはどんなものがあったんですか？

**柴田**　たとえば昨年、*Interior Chinatown*という長篇で全米図書賞を獲ったチャールズ・ユウ。この人はできれば紹介したかったですね。この人の頭の良さは独特だと思います。でも円城塔さんがすでに一冊訳している（『SF的な宇宙で安全に暮らすっていうこと』早川書房）ので除外しました。
あと、前にMONKEYで一本エッセイを訳したことがあるんですけど（18号「雨神の緑、情熱のごとく暗く」）、アイルランドのケヴィン・バリーという作家も面白いです。短篇一本でfuckという言葉が百回くらい出てくるような文章がある一方で、けっこう普通に技巧的な表現もいっぱいあったりするので、その縦横無尽さを日本語で出せるかどうかはわからないんだけど。

**岸本**　私は今回、わーっと買って積んである本の山を、この際だと思って端から崩していったんですけど、掘り出し物もあって、Bennett Simsってご存知ですか？

**柴田**　知らないですね。

**岸本**　*White Dialogues*という短篇集があって、カルメン・マリア・マチャドがLiterary Hubのアンケートで、ここ十年くらいに出た小説の中でほんとうはもっと読まれるべきなのに読まれていないもの、というお題に応えてこの本を挙げていたんです。ブライアン・エヴンソンとデヴィッド・フォスター・ウォレスとニコルソン・ベイカーを足して三で割ったみたいな作家だっていうんです。

**柴田**　それはすごいね。

**岸本**　なぜこれがもっと読まれないんだ！と半分キレながら紹介していて、読んでみたら最初に載っている短篇がすごく面白くて。とある空き家に男の人がケアテイカーとして住み込みに行くんですけど、家の持ち主が残していったいろいろな変な物にだんだん追い詰められておかしくなっていく、という話なんです。でも短篇としては長かったので今回は選べなかった。

**柴田**　僕はマデリン・キアリンという、もっぱら*Conjunctions*という前衛小説ばかり載せる雑誌に書いている人がいて、その人をこっちに載せるか、さっき言った小島敬太くんとのアンソロジーに載せるかで迷って、向こうに載せることにしました。この人は考古学者で、学者としても十八、十九世紀の精神病院とかの遺跡から当時のイデオロギーを抽出する、みたいななかなか変なことをやっているんです。そういう感性が小説にも活かされていて、妙に細部が詳しい、変なSFみたいなものを書く。この人はもっと訳したいなと思っています。

**岸本**　ちなみに、柴田さんはいつもどうやって新しい作家を見つけてくるんですか。

**柴田**　読んで見つけます、というのが一番直接の答えなわけですけど、その読むものをどこから仕入れるかという話ですよね。最近はよくわからなくなってきましたね。昔だったらニューヨーク・タイムズ・ブックレビューに毎週ざざっと目を通して、面白そうなものをつねに注文しておくみたいなことをやっていましたけど、それもしなくなったし。けっこう多いのは、作家があの本面白かったよと教えてくれるケース。それは増えました。特にブライアン・エヴンソンとレアード・ハント、この二人はものすごい読書家で、趣味も抜群だから、彼らがいいと言うものはだいたいいいですね。

**岸本**　それは強力な情報源ですね。

**柴田**　新聞雑誌の書評で最近一番あてになるのは『ガーディアン』ですね。志のある小説をきちんと評価している感じがします。あと、ミネソタでやっている*Rain Taxi*という書評誌は、メジャーなものは取り上げないという気概があって、ここでいいと言っているものはいいことが多いかな。

**岸本**　文芸誌だと*Tin House*がなくなってしまったのはほんとうに残念ですよね。

**柴田**　残念ですねー。いい小説の震源地としては最高でしたから。あとさっき言ったマデリン・キアリンを載せた*Conjunctions*は、繊細さが勝負の八〇年代も前衛文学を時代遅れっぽくやっていたし、その後に実験的なものがもてはやされるようになってからもやっぱり同じように実験的なのをやっていて、時流と関係なくつねに前衛で行こうっていう姿勢がある。こういう雑誌はもっとちゃんと読まないとなと思っています。岸本さんはどうですか？

**岸本**　私は基本がジャケ買いなので、書影を見て気に入ったら反射的に買っちゃって、結果大外れっていうことが結構あります。最近はTwitterでいろんな文芸誌のアカウントをフォローしていて、たとえば*The Millions*とかがこの先出版される注目の本みたいなリストを出していて、それを一つひとつ見て、面白そうなのをマークしておくとか、そういうやり方が多いです。

**柴田**　あと、やっぱり英語圏のいい本屋に行って適当にわーっと買ってくるっていうのは大きかったですね。今はコロナでそれができなくなったのがすごく痛い。だから前以上に、ネットとかで見てとにかくちょっとでも引っかかるところがある本は取り寄せるようにしないと、と思っています。そうしないと、誰にでもアクセスできるところで紹介されているものしか読まなくなるから。そうするとレベッカ・ブラウンとかバリー・ユアグローのような作家は絶対に見つからなくなる。

**岸本**　私、『雪男たちの国』（ノーマン・ロック、柴田元幸訳、河出書房新社）が大好きなんですが、あれはどうやって見つけられたんですか。

**柴田**　あれはかつてニューヨークにSt. Mark's Bookshopというすごくいい本屋があって、そこで何も考えずにばーっとカゴに入れた中の一冊です。

**岸本**　そういう出会いはすばらしいですよね。私もやってみたいです。

**柴田**　いえいえ、「出不精のトラベルライター」のアイデンティティも大事にしていただかないと（笑）。

# あとがき

岸本佐知子

今回ふと、自分はいったい翻訳の仕事を何年やっているのだろうと計算してみて、もう三十年をとっくに過ぎていることに気づいてびっくりした。感覚的にはまだ十年くらいしか経っていなかったし、部活にせよ会社勤めにせよ趣味にせよ、これまでの人生でなにひとつ長続きしたことがなかったからだ。何かがこんなに長続きしたことなんて、他に呼吸ぐらいしかない。

それだけ続けてきて一つ言えるのは、なんだかんだいっても翻訳って楽しいな、ということだ。毎日むずかしくて唸ったり困ったりするけれども、遠くの誰かの声とシンクロするのは面白いし、他のさまざまな人間活動、たとえばチケットを予約したり空気を読んだり幹事をしたりといったようなことよりはずっと自分に向いている。

そしてその楽しさが頂点に達するのは、「どれでも好きな短篇を選んで訳していいよ」と言われたときだ。鼻と勘のおもむくままに短篇を読みまくり、これぞというのを探し当てたら、なんとかその魅力を日本語で伝えるべく、がんばって翻訳する。そのときの高揚といったら、三日間散歩を禁じられたあと野に解き放たれた犬のようだ。

ところが今回、雑誌MONKEYで柴田さんにお誘いいただいて競訳ということをやってみて、ただでさえ楽しいその「どれでも好きな短篇を選んで訳す」が、二人でやるとさらに何倍も楽しくなることを知ってしまった。今までほとんど日本で紹介されたことのない作家、という以外なんの制約もなしで、おのおの探してきた作品を「せーの」で見せあい、さらにそれについて語りあう。互いの趣味が違ったり重なりあったりしながら不思議な共鳴が生じるさまは、設計図なしで家を建てるような、演奏しながら曲を作り上げるようなスリルがあった。

柴田さんと私とは、デビューの年こそいっしょだが、私にとってはつねに仰ぎ見る大先輩のような存在で、東大の授業に潜入させてもらったり、英語のわからないところを教えてもらったり、柴田さんが創刊した雑誌に連載を持たせていただいたりと、ひたすら一方的にお世話になってばかりだ。その上さらにこんなに最高な本をいっしょに作れることになって、なんだかもう思い残すことないなあ、ていうか自分はじつは翻訳なんかやってなくて、今までのことはぜんぶ夢なんじゃないか？　と不安になったりもするのだ。

ところでこのようなアンソロジーを編むのは、本人たちの楽しみもさることながら、一つひとつの作品がべつの世界に通じる窓になってくれるといいな、という願いもある。収められた作品のどれか一つでも読んだ方の琴線に触れて、さらにべつの翻訳作品を手にとるきっかけになってくれれば、そしてそこから星座のようにその方の読書世界が広がっていくなら、こんなに嬉しいことはない。そこで編者二人より、とりあえずのとっかかりとして、自分たちの訳した本の中から「これが気に入ったらこれもお勧め」というご提案を以下に挙げてみた。少々手前味噌になるけれど、何かの参考になれば幸いです。

クシュナー「大きな赤いスーツケースを持った女の子」が気に入ったら
↓リチャード・パワーズ『舞踏会へ向かう三人の農夫』（柴田訳、河出文庫上下巻）
ノーダン「オール女子フットボールチーム」
↓ショーン・タン『遠い町から来た話』（岸本訳、河出書房新社）
クイン「足の悪い人にはそれぞれの歩き方がある」
↓ブライアン・エヴンソン『遁走状態』（柴田訳、新潮クレスト・ブックス）
ジョンソン「アホウドリの迷信」
↓ジュディ・バドニッツ『空中スキップ』（岸本訳、マガジンハウス）

グルドーヴァ「アガタの機械」
↓エリック・マコーマック『雲』（柴田訳、東京創元社）
マーク「野良のミルク」「名簿」「あなたがわたしの母親ですか？」
↓リディア・デイヴィス『ほとんど記憶のない女』（岸本訳、白水Uブックス）
ヴァン・デン・バーグ「最後の夜」
↓ルシア・ベルリン『掃除婦のための手引き書』（岸本訳、講談社文庫）
ユクナヴィッチ「引力」
↓シルヴィア・プラス『メアリ・ヴェントゥーラと第九王国』（柴田訳、集英社）

最後になったが、雑誌掲載時から単行本化まで、編集の槇野友人さんとデザインの宮古美智代さんには大変お世話になった。編者を代表して、心からお礼を申し上げます。

初出

レイチェル・クシュナー
「大きな赤いスーツケースを持った女の子」

ルイス・ノーダン
「オール女子フットボールチーム」

アン・クイン
「足の悪い人にはそれぞれの歩き方がある」

デイジー・ジョンソン
「アホウドリの迷信」

カミラ・グルドーヴァ
「アガタの機械」

サブリナ・オラ・マーク
「野良のミルク」
「名簿」
「あなたがわたしの母親ですか？」

『MONKEY』vol. 23（2021年2月）

ローラ・ヴァン・デン・バーグ
「最後の夜」

リディア・ユクナヴィッチ
「引力」

訳し下ろし

# アホウドリの迷信

## 現代英語圏異色短篇コレクション

2022 年 9 月 30 日　第 1 刷発行
2023 年 6 月 15 日　第 2 刷発行

編訳者
岸本佐知子　柴田元幸

発行者
新井敏記

発行所
株式会社スイッチ・パブリッシング
〒 106-0031 東京都港区西麻布 2-21-28
電話 03-5485-2100（代表）
http://www.switch-pub.co.jp

印刷・製本
株式会社シナノ パブリッシング プレス


本書へのご感想は、info@switch-pub.co.jp にお寄せください。

ISBN978-4-88418-594-7　C0097
Printed in Japan